The Unexpected Goddess
Chapitre 1
IL Y A FORT LONG-TEMPS...
LA DÉESSE LILIANA SE TOURNA VERS SES DESCEN-DANTES ET LEUR DIT :
"MES CHÈRES FILLES.
LE MONDE DOIT ÊTRE MAINTENU DANS UNE FORME IDÉALE.
VAIS VOUS ACCORDER À CHACUNE UN POUVOIR DIFFÉRENT.
À TOI, JE T'OFFRE UNE VOIX MAGNIFIQUE, POUR APAISER LES CŒURS ET FAIRE FUIR LEURS ANGOISSES.
À TOI, JE T'OFFRE UN NEZ SENSIBLE, POUR MIEUX SENTIR LA VERTU ET ÉCARTER LES RELENTS NAUSÉABONDS DU MAL.
À TOI, JE T'OFFRE DES OREILLES AVISÉES, POUR MIEUX ENTENDRE LA VÉRITÉ ET TE PRÉMUNIR DES MENSONGES.
À TOI, JE T'OFFRE DES YEUX LUCIDES, POUR MIEUX DISTINGUER LE BIEN ET VOIR CLAIR DANS LES PLANS DU MALIN.
ET ENFIN..."

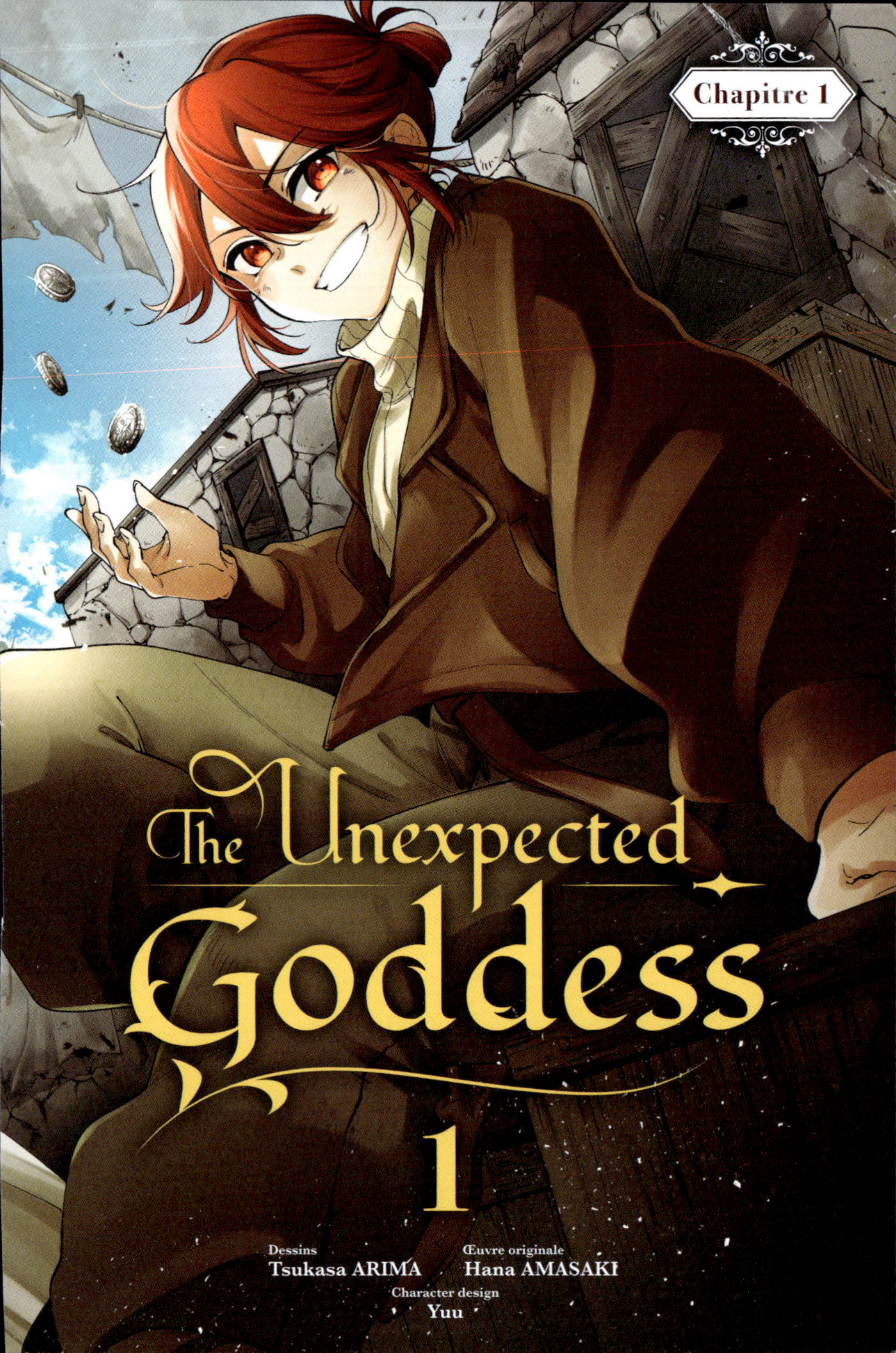
Chapitre 1
The Unexpected Goddess
1
Dessins
Tsukasa ARIMA
Œuvre originale
Hana AMASAKI
Character design
Yuu

Sommaire

LE SAINT-ROYAUME D'ARIALANTË.
LE PAYS A PU S'ÉTENDRE ET PROSPÉRER SOUS LA PROTECTION DE LA DÉESSE BIENVEILLANTE LILIANA.
IL Y EST DIT QUE LA DÉESSE Y RÉSIDE EN PERSONNE.
CEUX QUI HABITENT À LA CAPITALE SAINTE, AU CENTRE DU ROYAUME, Y REÇOIVENT LA BÉNÉDICTION DIVINE. ON LES APPELLE LES "SANCTIFIÉS".
LE PAPE SOBRA RÈGNE SUR ARIALANTË ET SUR TOUS LES SANCTIFIÉS.
SON AUTORITÉ EST ABSOLUE.
ON DIT QU'IL S'AGIT D'UN MESSAGER DE LA DÉESSE ELLE-MÊME.

SHPOF
さくっ
PAF
FLOU...
C'EST COMPLÈ-TEMENT CON.

HÉ, YULE !
QUAND T'AURAS FINI DE RANGER ÇA, TU POURRAS PARTIR EN PAUSE !
D'AC-CORD !
WA HA HA HA HA HA !

ON VIT VRAIMENT DANS LA CRASSE.
T'AS VU ? ILS ONT ENCORE AUGMENTÉ LES TAXES.
SÉ-RIEUX ?
FICHUS SANCTIFIÉS... ILS ONT VRAIMENT LA BELLE VIE, À SE LA COULER DOUCE SANS BOSSER !
ALORS QUE NOUS, ON SAIT MÊME PAS SI ON AURA DE QUOI MANGER DEMAIN...
"SAINT-ROYAUME" ? ME FAITES PAS RIRE !
CE MAUDIT PAYS EST COMPOSÉ À 90 % DE "RÉPROUVÉS" COMME NOUS !

TU SAIS QUOI, LILIANA ? T'ES QU'UNE VASTE BLAGUE...
TU NOUS AS ABANDONNÉS, NOUS, LES RÉPROUVÉS...
ET CONDAMNÉS À UNE VIE D'ABSURDITÉ ET D'INJUSTICE.
ZZZ
PETIT...
POP
んがっ
TU AS UN MOMENT ?
FROUP
むくっ
HEIN ?

EXCUSE-MOI…
NOUS CHERCHONS UNE CERTAINE MAISON.
TU VOUDRAIS BIEN NOUS SERVIR DE GUIDE ?
ILS ONT DES ÉPÉES…
C'EST DES SANCTIFIÉS ?

BAH, JE SUIS EN PAUSE, LÀ…
SI JE RETOURNE PAS BOSSER À TEMPS, MON PATRON VA ME PASSER UN SAVON ET RÉDUIRE MA PAIE.
AH…
JE VOIS…
BON… QU'EST-CE QU'ON FAIT, ALORS ?
IL EST CON OU QUOI ?
EUH…
TOP
ぽん
NE T'INQUIÈTE PAS, NOUS SAURONS TE REMERCIER POUR TON TEMPS.
TU SERAS LARGEMENT DÉDOMMAGÉ FINANCIÈRE-MENT.

QUE DIS-TU DE CELA ?
HÉ HÉ
OK !
ÇA ME VA !
BOING
TU M'EN VOIS RAVI.
JE M'APPELLE KIRICK.
LUI, C'EST KYTE.
ET TOI, MON GARÇON, QUEL EST TON NOM ?

...
YULE.
BROUHA
ガヤー
BROUHA
ガヤ
BROUHA
ガヤ
C'EST TRÈS ANIMÉ, DIS-MOI.
C'EST TOUJOURS COMME ÇA ?
PLUS OU MOINS, OUAIS.

SI UN JOUR, ON ENTEND PLUS RIEN DANS LE COIN, C'EST QUE TOUT LE MONDE AURA CLAQUÉ.
SI LES GENS ONT ENCORE LA FORCE DE PARLER, C'EST BON SIGNE.
...
BREF.
C'EST QUOI, QUE VOUS CHERCHEZ ?
EH BIEN...
FLAP
ピッ
NOUS CHERCHONS LA FAMILLE DENNI.
SAIS-TU OÙ ILS HABITENT ?

DENNI ?
TU LES CONNAIS ?
VOUS LEUR VOULEZ QUOI ?
DÉSOLÉ. NOUS NE POUVONS EN PARLER QU'AUX PERSONNES CONCERNÉES.
PLUS PRÉCISÉMENT, NOUS CHERCHONS UNE CERTAINE "LITHA DENNI".
TU LA CONNAIS ?
BEN ...
OUAIS.
C'EST VRAI ?
PARFAIT ...
PAR CONTRE ...

CETTE FILLE QUE VOUS CHERCHEZ, LITHA...
ELLE EST MORTE DANS UN ACCIDENT QUAND ELLE AVAIT HUIT ANS.
ELLE EST MORTE ?!
SON DÉCÈS EST AVÉRÉ ?
OUAIS.
TOUT LE MONDE EST AU COURANT, DANS LE COIN.
DEMANDEZ À N'IMPORTE QUI, ET VOUS VERREZ.
MAIS ENFIN, KIRICK, LE CRISTAL A POURTANT...
CALME-TOI, KYTE.
COMMENÇONS PAR VÉRIFIER LES FAITS.

QU'EST-CE QU'ILS FICHENT ICI ?
C'EST LOUCHE...
BIEN QU'ELLE SOIT DÉCÉDÉE, SA FAMILLE HABITE TOUJOURS ICI, N'EST-CE PAS ?
YULE.
POURRAIS-TU NOUS Y AMENER QUAND MÊME ?
OUAIS...
SI VOUS Y TENEZ.
TAC
TAC
TAC
REGARDEZ, C'EST LÀ.
LA MAISON DES DENNI.
RIEN À VOIR AVEC LA CARTE...
ICI, LES CARTES VOUS SERVENT À RIEN.
LES GENS VONT ET VIENNENT, ET LES MAISONS FONT RAREMENT LONG FEU.
BON, MOI, JE VOUS LAISSE.
JE PEUX AVOIR MA PAIE ?
OUI.
MERCI BEAUCOUP, YULE.

TAP
À PLUS…
LES SANCTI-FIÉS !
C'EST UN BRAVE PETIT !
CLAC
!
TIENS, TIENS …
FROSH…
C'EST QU'ON A REÇU DES PROIES DE QUALITÉ, AUJOURD'HUI !

QUOI ?!
CE SALE GAMIN...
IL NOUS A BIEN EUS.
TING
GNAP
PAR ICI...
SI TU BAISSES TA GARDE, C'EST TA FAUTE.

POF
FIOUUU…
LE PATRON ÉTAIT VRAIMENT FURAX… TOUT ÇA POUR UN PETIT RETARD DE RIEN DU TOUT…
GAH…
GUH…
DU COUP, IL M'A RAJOUTÉ UNE TONNE DE BOULOT… PAS TRÈS RENTABLE, MON AFFAIRE…
MAIS AU MOINS, J'AI PU ACHETER DE LA MEILLEURE VIANDE !
COUP DE CHANCE !
HÉ !
TSK

OH... YO !
VOUS AVEZ L'AIR EN FORME !
ALORS, QUOI ? VOUS ALLEZ ME TABASSER À MORT ? ME RÉDUIRE EN ESCLAVAGE ?
DE TOUTE FAÇON, LES SANCTIFIÉS ONT TOUS LES DROITS SUR LES RÉPROUVÉS...
FIOUSH
TAP
TAP
TAP
PAR ICI, FAUT TOUJOURS RESTER SUR SES GARDES.
UNE PIÈCE D'ARGENT POUR UNE LEÇON AUSSI PRÉCIEUSE, C'EST PAS CHER PAYÉ.
COMMENT ONT-ILS FAIT POUR SORTIR DE LÀ INDEMNES ?
J'IMAGINE QUE LEURS ÉPÉES SONT PAS LÀ JUSTE POUR FAIRE JOLI.

GAMIN !
JE VEUX BIEN FERMER LES YEUX SUR TON ATTITUDE ...
MAIS MENTIR, C'EST MAL ! TU M'EN-TENDS ?
HEIN ?
HMPF
T'ES PAS ÉNERVÉ ?
OH QUE SI.
TU AS IDÉE DE CE QUE ÇA FAIT, DE SE RETROUVER SOUDAINEMENT ENCERCLÉ PAR UN GROUPE D'HOMMES SALES ET ARMÉS JUSQU'AUX DENTS ?
PFRT ...
MAIS BON, AU MOINS, ILS NOUS ONT INDIQUÉ LE VÉRITABLE EMPLACEMENT DE LA MAISON DES DENNI.
TOP...

C'EST LÀ OÙ TU HABITES, PAS VRAI ?
NOUS AVONS AUSSI APPRIS UNE CHOSE INTÉRESSANTE.
AVANT, CETTE MAISON ABRITAIT DES JUMEAUX.
UN GARÇON, YULE, ET UNE FILLE, LITHA.
ILS SE RESSEMBLAIENT TELLEMENT QU'À PART EUX-MÊMES, SEULE LEUR PROPRE MÈRE PARVENAIT À LES DISTINGUER.
FLAP
FLAP...
LA SŒUR JUMELLE, LITHA, EST DÉCÉDÉE À HUIT ANS.
DU MOINS... À CE QU'IL PARAÎT.
LITHA EST MORTE ...

TOI...

TU ES LA FILLE, PAS VRAI ?

TU T'HABILLES COMME UN GARÇON ET TU AS REPRIS LE NOM DE TON FRÈRE.
POURQUOI FAIS-TU TOUT ÇA...
LITHA ?
GNAP
LITHA EST MORTE !
ELLE NOUS A QUITTÉS !
ELLE N'EST DÉFINITI-VEMENT PLUS DE CE MONDE !

IL Y A QUELQU'UN ?
GLOUPS
AH… MAMAN, C'EST MOI.
JE SECOUAIS LA POUSSIÈRE DE MES VÊTEMENTS.
OH, D'ACCORD !
BON.
J'AI AUCUNE IDÉE DE LA RAISON POUR LAQUELLE VOUS AVEZ FAIT TOUT LE TRAJET JUSQU'ICI DEPUIS LA CAPITALE.
MAIS C'EST "LITHA" QUE VOUS ÊTES VENUS VOIR, PAS VRAI ?
DANS CE CAS …
KRIK

PITIÉ…
NE PARLEZ PAS DE "ÇA" DEVANT MA MÈRE.
GNIP
ET JE VOUS PROMETS QU'APRÈS, JE…
"LITHA" ÉCOUTERA CE QUE VOUS AVEZ À DIRE.
JE N'AI PAS ENVIE DE FAIRE SOUFFRIR MA MÈRE ENCORE PLUS.
ALORS…

S'IL VOUS PLAÎT.
...
ENTENDU.
TE REVOILÀ ! TU AS PASSÉ UNE BONNE JOURNÉE…
YULE ?

SALUT, MAMAN.
JE SUIS RENTRÉ.
TIENS ?
DES INVITÉS ?
OUI.
ILS VIENNENT DE LA CAPITALE SAINTE.
ILS ÉTAIENT PERDUS, ET COMME IL SE FAISAIT TARD, JE LEUR AI PROPOSÉ DE DÎNER AVEC NOUS.
OH !
VOUS AVEZ DÛ BEAUCOUP VOYAGER, POUR ARRIVER JUSQU'ICI !
METTEZ-VOUS À L'AISE, FAITES COMME CHEZ VOUS.
SUIP...
MERCI POUR VOTRE HOSPITALITÉ.
N'ÉTANT GUÈRE FAMILIERS AVEC LES ALENTOURS, NOUS RENCONTRIONS QUELQUES DIFFICULTÉS.
FORT HEUREUSEMENT, VOTRE ENFANT POSSÈDE UNE GENTILLESSE ET UNE DROITURE D'ÂME REMARQUABLES.
VOUS POUVEZ ÊTRE FIÈRE DE L'ÉDUCATION QUE VOUS LUI AVEZ OFFERTE.

TSK
IL ME CHERCHE ?
ALLONS, VOUS EXAGÉREZ...
MAIS OUI...
ÇA A TOUJOURS ÉTÉ DANS SA NATURE DE PENSER AUX AUTRES.
QUELLE CHANCE J'AI...
D'AVOIR UN FILS COMME LUI !

AU FAIT, MADAME...
VEUILLEZ PARDONNER MON IMPOLITESSE...
MAIS SON PÈRE N'EST PAS LÀ ?
SON PÈRE ?
EH BIEN ...
IL EST DÉCÉDÉ D'UNE MALADIE ALORS QUE NOS ENFANTS N'AVAIENT ENCORE QUE DEUX ANS.
C'ÉTAIT VRAIMENT QUELQU'UN D'ADORABLE.
JE PENSE QU'IL S'EST RUINÉ LA SANTÉ EN TRAVAILLANT TROP DUREMENT.
VOUS AVEZ DIT...
"VOS ENFANTS" ?
VOUS EN AVEZ PLUSIEURS ?
OUI.
NOUS AVONS EU DES JUMEAUX.
ILS ÉTAIENT SI MIGNONS, TOUS LES DEUX...
ILS AVAIENT DES VISAGES ET DES TAILLES SIMILAIRES, À TEL POINT QUE PERSONNE D'AUTRE NE PARVENAIT À LES DIFFÉRENCIER.
MAIS...

MA FILLE CHÉRIE, LITHA...
EST DÉCÉDÉE ALORS QU'ELLE AVAIT À PEINE HUIT ANS.
GNIP
VRAIMENT...
QUELLE PAUVRE ENFANT...
ELLE ÉTAIT SI CHARMANTE...
AVEC YULE, C'ÉTAIT LES MEILLEURS AMIS DU MONDE. ILS AIMAIENT BIEN ÉCHANGER LEURS VÊTEMENTS ET JOUER DES FARCES AUX GENS...
S'ILS SE RESSEMBLAIENT À CE POINT...
VOUS ARRIVAIT-IL D'AVOIR DU MAL À LES RECONNAÎTRE ? MÊME VOUS, EN TANT QUE MÈRE ?
FU... FU...
ALLONS...

CE SERAIT RIDICULE.
QUELLE MÈRE NE RECONNAÎTRAIT PAS SES PROPRES ENFANTS ?
MÊME S'ILS PARVENAIENT À BERNER LES AUTRES...
MOI, JE SAVAIS TOUJOURS QUI ÉTAIT QUI.
JE NE ME SUIS JAMAIS TROMPÉE, PAS UNE SEULE FOIS.
AH, VRAIMENT...
J'AI TELLEMENT DE PEINE, POUR CE QUI EST ARRIVÉ À LITHA.
N'EST-CE PAS...
YULE ?

OUI…
MAMAN.
MOI AUSSI… J'AI DE LA PEINE POUR ELLE.
QUAND YULE EST MORT…
QUELQUE CHOSE S'EST CASSÉ CHEZ MA MÈRE.

À L'ORIGINE, CE N'ÉTAIT DÉJÀ PAS QUELQU'UN DE TRÈS SOLIDE…
APPAREMMENT, MON PÈRE ÉTAIT QUELQU'UN DE FIABLE ET RESPONSABLE, ET MA MÈRE SE REPOSAIT BEAUCOUP SUR LUI.
TANT QU'ELLE AVAIT UN SOUTIEN, ELLE ÉTAIT SEREINE…
MA MÈRE EST COMME ÇA.
ALORS, FORCÉMENT…
UNE FEMME PAREILLE, OBLIGÉE D'ÉLEVER DES JUMEAUX TOUTE SEULE, DANS CE VILLAGE MOISI ?
JE N'OSE MÊME PAS IMAGINER À QUEL POINT ELLE A DÛ EN BAVER.
MALGRÉ TOUT…
ELLE A GARDÉ LE SOURIRE…
ET ELLE A CONTINUÉ DE S'OCCUPER DE NOUS DEUX AVEC LE MÊME AMOUR.
MAIS YULE EST MORT.
ET QUAND ELLE L'A VU…

ELLE S'EST TOURNÉE VERS MOI AVEC UN VISAGE RAVAGÉ PAR LES LARMES ET LA DOULEUR, ET...
YULE...
C'EST COMME ÇA QU'ELLE M'A APPELÉE.
ELLE PRÉFÉRAIT SÛREMENT QUE CE SOIT YULE, UN GARÇON, QUI SURVIVE.
PAR ICI, C'EST TRÈS COMPLIQUÉ DE TROUVER UN BOULOT QUAND ON EST UNE FAIBLE FEMME.
UN FOYER COMPOSÉ UNIQUEMENT D'UNE MÈRE ET DE SA FILLE, ÇA N'AURAIT PAS FAIT LONG FEU.
J'AI DONC DÉCIDÉ DE DEVENIR...
"YULE"
...
POUR QUE MA MÈRE N'AIT PAS À S'EN FAIRE.
TOC
LITHA.

DIS-MOI...
TU COMPTES CONTINUER CETTE MASCARADE ENCORE LONGTEMPS ?
"CETTE MASCARADE" ?
VIVRE EN TE FAISANT PASSER POUR TON FRÈRE YULE.
TOI AUSSI, TU DOIS BIEN TE DOUTER QUE ÇA NE POURRA PAS DURER ÉTERNELLEMENT, PAS VRAI ?
ALORS...
QU'EST-CE QUE JE DEVRAIS FAIRE, À TON AVIS ?
EH BIEN...

TOUT BALANCER À MA MÈRE ET LUI EXPLIQUER QU'EN FAIT, C'EST LITHA ET PAS YULE QUI A SURVÉCU ?
MALGRÉ SON CŒUR BRISÉ ET SON CORPS AFFAIBLI, ELLE PARVENAIT À TENIR BON GRÉ MAL GRÉ EN SE REPOSANT SUR YULE.
SI JE LUI DIS LA VÉRITÉ MAINTENANT, ELLE N'Y SURVIVRA PAS.
TU PENSES QUAND MÊME QUE JE DEVRAIS LE FAIRE ?
MAIS TANT QUE TU NE LE FERAS PAS...
TU NE POURRAS PAS AVANCER !
TU DOIS SAUVER LITHA !
DEPUIS TOUT CE TEMPS...
ELLE EST SEULE DANS LE NOIR, ABANDONNÉE...

"LA SÉLECTION DES PROVIDENCES"...
ÇA TE DIT QUELQUE CHOSE ?
HEIN ?
C'EST QUOI, CETTE QUESTION ?
MÊME SI JE VOULAIS PAS LE SAVOIR, DANS CE FICHU ROYAUME, C'EST PAS COMME SI ON AVAIT LE CHOIX.

"LA SÉLECTION DES PROVIDENCES", ÇA EXISTE DEPUIS QUE NOTRE ROYAUME D'ARIALANTÉ A ÉTÉ FONDÉ.
C'EST UN ÉVÉNEMENT QUI ARRIVE TOUS LES 100 ANS, OÙ "LE CRISTAL IMMACULÉ CHOISIT QUATRE JEUNES FILLES SAINTES".
LES ÉLUES HÉRITENT CHACUNE D'UN DES POUVOIRS QUE LA DÉESSE LILIANA AVAIT ACCORDÉS À SES DESCENDANTES.
UNE FOIS PROVIDENCES, ELLES DEVRONT ŒUVRER PENDANT LES 100 PROCHAINES ANNÉES À MAINTENIR LA PAIX AU SEIN DU ROYAUME EN TANT QUE PILIERS DE SA PROSPÉRITÉ.
EN QUOI ÇA ME CONCERNE ?
JE ME FICHE DÉJÀ PAS MAL DE LA DÉESSE LILIANA...
MAIS ALORS, CES PROVIDENCES OU J'SAIS PAS QUOI, J'EN AI VRAIMENT RIEN À CARRER.
LITHA DENNI.

LE CRISTAL IMMACULÉ…
T'A DÉSIGNÉE COMME L'UNE DES QUATRE PROVIDENCES.

NOUS SOMMES VENUS T'ESCOR-TER...
JUSQU'AU SANCTUAIRE DU PALAIS CRISTALLIN...
SUR ORDRE DIRECT DU PAPE SOBRA.
PAR-DON ?
C'EST UNE BLAGUE ?
VOUS VOUS FICHEZ DE MOI ?
VOS HISTOIRES D'ILLUMINÉS, ÇA SERA SANS MOI.
GNAP

LES PROVIDENCES EXISTENT RÉELLEMENT.
CE N'EST NI UNE MANIGANCE, NI UNE RUSE, NI UN MENSONGE.
DANS CE CAS...
JE PEUX SAVOIR À QUOI ÇA RIME ?!
JE ME FICHE QUE CES PROVIDENCES EXISTENT OU PAS !
DE TOUTE FAÇON, UNE RÉPROUVÉE SERAIT JAMAIS SÉLECTIONNÉE !
ON EST LE PEUPLE "QUE LILIANA A ABANDONNÉ" !
MAIS ELLE VOUDRAIT M'ACCORDER UN POUVOIR ?
LAISSE-MOI RIRE !

FIOUSH
PENDANT QUE LES SANCTIFIÉS PASSENT LEURS JOURNÉES À S'EMPIFFRER, S'AMUSER ET PRIER, SANS UNE SEULE TAXE À PAYER…
NOUS, LES RÉPROUVÉS, ON SE FAIT SUCER JUSQU'À L'OS EN DEVANT BOSSER DU MATIN AU SOIR !
"PROVIDENCE" DE MON CUL, OUAIS !
JE CROIS PAS À CES TRUCS-LÀ, ET MÊME SI J'Y CROYAIS, JE VOUDRAIS PAS LE DEVENIR !
MÊME SI VOUS, VOUS AVEZ UNE DÉESSE…
MOI, J'EN AI PAS !

C'EST QUOI, CE BOUCAN ? ÇA SE DISPUTE ?
ALLEZ FAIRE ÇA AILLEURS !
!
FUIP
HÉ !
C'EST ENNUYEUX.
...
HAA
HAA
TU DOIS BIEN TE DOUTER QUE ÇA NE POURRA PAS DURER ÉTERNELLE-MENT...
HA
HA...
ÉVIDEM-MENT... QUE JE LE SAIS...
FLOP
MA POITRINE...
MES HANCHES...
TOUT MON CORPS DEVIENT DE PLUS EN PLUS FÉMININ MALGRÉ MOI...

SI JE DEVIENS ENCORE PLUS "FEMME"...
JE NE VAIS PLUS POUVOIR RESTER "YULE"...
JE CROIS QUE J'AI DÉJÀ...
DÉPASSÉ MES LIMITES...
KRIII
JE SUIS RENTRÉ.
JE LES AI ACCOMPAGNÉS JUSQU'À L'AUBERGE.
LA LUNE EST TRÈS BELLE, CE SOIR...

FLAP
MAMAN ?
ZZZ...
ZZZ...
MA-MAN...
TU SAIS...
IL Y A QUELQUE CHOSE...
QUE J'AI TOUJOURS VOULU TE DEMANDER, SANS JAMAIS OSER LE FAIRE.
TIP
FUIP
DIS, MAMAN...
BÔ...

SE POURRAIT-IL...
QU'EN FAIT, TU N'AIES JAMAIS PERDU LA RAISON ?
TU AVAIS BESOIN DE QUELQU'UN SUR QUI TE REPOSER...
ALORS, IL FALLAIT À TOUT PRIX QUE CE SOIT "YULE" QUI SURVIVE.
C'EST POUR ÇA...
QUE TU AS SCIEMMENT ABANDONNÉ TA FILLE, "LITHA".
HA HA...
C'EST STUPIDE.
PERSONNE ...
NE FERAIT UNE CHOSE PAREILLE.

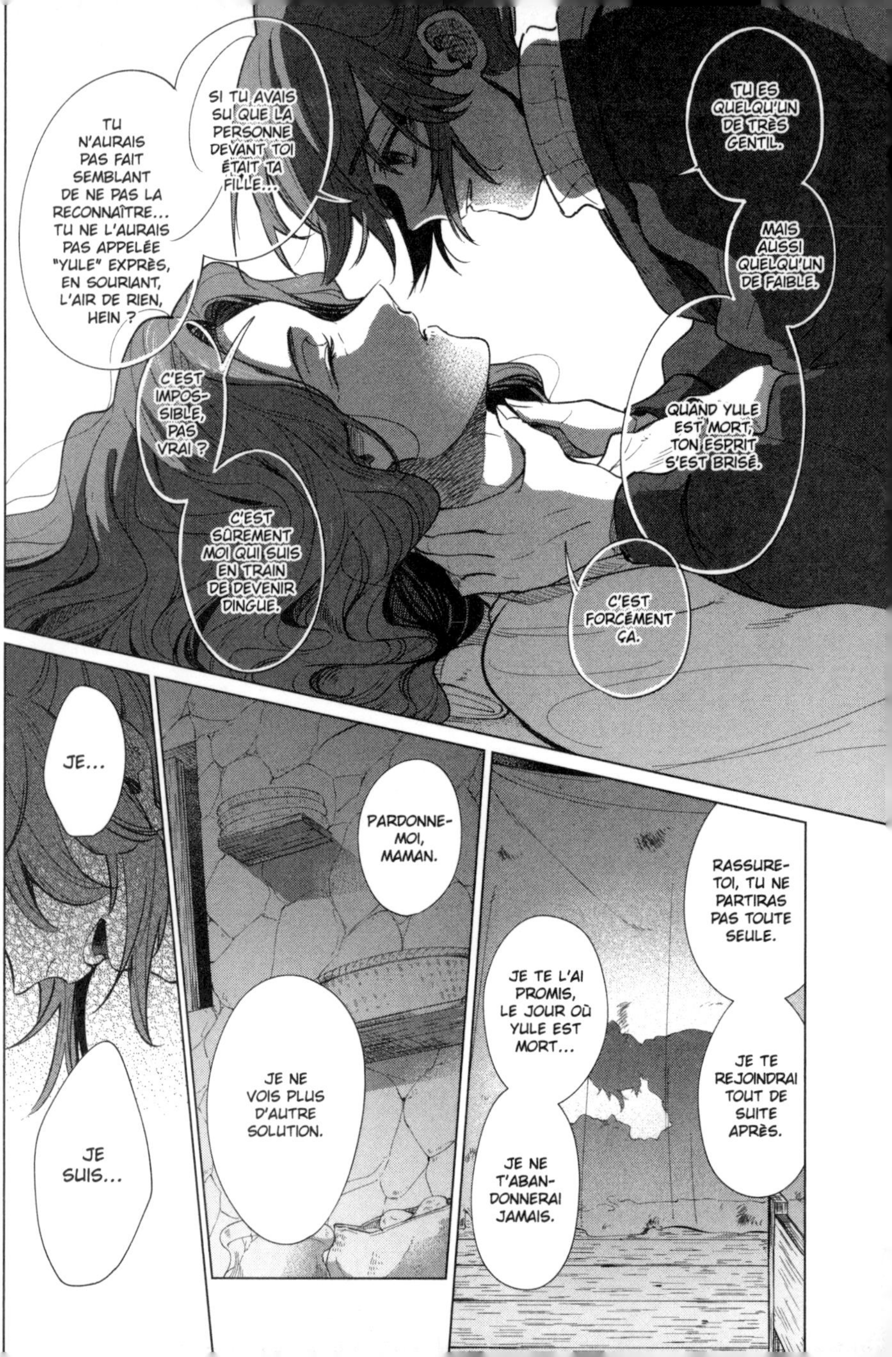
TU ES QUELQU'UN DE TRÈS GENTIL.
MAIS AUSSI QUELQU'UN DE FAIBLE.
SI TU AVAIS SU QUE LA PERSONNE DEVANT TOI ÉTAIT TA FILLE...
TU N'AURAIS PAS FAIT SEMBLANT DE NE PAS LA RECONNAÎTRE... TU NE L'AURAIS PAS APPELÉE "YULE" EXPRÈS, EN SOURIANT, L'AIR DE RIEN, HEIN ?
QUAND YULE EST MORT, TON ESPRIT S'EST BRISÉ.
C'EST IMPOSSIBLE, PAS VRAI ?
C'EST SÛREMENT MOI QUI SUIS EN TRAIN DE DEVENIR DINGUE.
C'EST FORCÉMENT ÇA.
RASSURE-TOI, TU NE PARTIRAS PAS TOUTE SEULE.
JE TE REJOINDRAI TOUT DE SUITE APRÈS.
JE TE L'AI PROMIS, LE JOUR OÙ YULE EST MORT...
JE NE T'ABANDONNERAI JAMAIS.
PARDONNE-MOI, MAMAN.
JE NE VOIS PLUS D'AUTRE SOLUTION.
JE...
JE SUIS...

QUI ?
JE NE SAIS PLUS...
QUI...
JE SUIS...

LITHA !

LITHA !
TU NE PEUX PAS DÉCIDER DE TOUT ARRÊTER SUR UN COUP DE TÊTE !
TOUT COMME TOI, TA MÈRE A SA PROPRE VIE !
TU N'AS PAS LE DROIT D'Y METTRE FIN DE FORCE !
HAA
HAA
MÊME SI C'EST DOULOU-REUX…
TU NE DOIS SURTOUT PAS…
FRAFF
LA FERME…
ELLE VA SE RÉVEILLER…

ET ÇA SE FAIT PAS, DE S'INCRUSTER CHEZ LES GENS !
FUIP
DÉSOLÉ …
POUR LE SERMON, ON REPASSERA !
FUIP
LITHA.
BO
QUE DIRAIS-TU DE PASSER UN MARCHÉ AVEC NOUS ?
UN MARCHÉ ?
TU MÈRE S'AFFAIBLIT À VUE D'ŒIL, PHYSIQUEMENT ET MENTALEMENT.
ELLE A BESOIN DE SOINS MÉDICAUX ET DE REPOS EN URGENCE. IL FAUDRAIT L'EMMENER À L'HÔPITAL.
Y A PAS D'HÔPITAL, ICI…
C'EST POURQUOI…
JE TE PROPOSE UN MARCHÉ.
TOP…

NOUS FERONS EN SORTE QUE TA MÈRE SOIT ADMISE À UN HÔPITAL DE LA CAPITALE.
EN ÉCHANGE, TU NOUS ACCOMPAGNERAS ÉGALEMENT À LA CAPITALE... EN TANT QUE PROVIDENCE.

ACCEPTERAIS-TU CES CONDITIONS...
LITHA ?
QUE CE SOIT AU SUJET DE TA MÈRE, AU SUJET DE TON AVENIR...
DÉSORMAIS, NOUS SERONS LÀ POUR PARTAGER TES CRAINTES ET Y REMÉDIER ENSEMBLE.
ALORS...
JE T'EN SUPPLIE !

QUELS IDIOTS…
COMME S'ILS AVAIENT BESOIN DE ÇA.
LES RÉPROUVÉS NE SONT PAS PROTÉGÉS PAR LA LOI. LES SANCTIFIÉS PEUVENT FAIRE CE QU'ILS VEULENT DE NOUS.
ET POURTANT, LUI, IL ME "SUPPLIE" D'ACCEPTER ?
TRÈS BIEN…
JE VIENS AVEC VOUS.
LITHA !
PAR CONTRE…

JE CROIS…
QUE JE N'AI PLUS BESOIN NI DE MON IDENTITÉ EN TANT QUE YULE, NI DE MON IDENTITÉ EN TANT QUE LITHA.
ALORS…
S'IL VOUS PLAÎT…
VOUS VOUDREZ BIEN M'APPELER "YULITH", DÉSORMAIS ?
BIEN SÛR.
FROSH
C'EST D'ACCORD.

À PARTIR D'AUJOURD'HUI, JE NE SERAI PLUS UNE MOITIÉ ABANDONNÉE.
UNE NOUVELLE VIE M'ATTEND : LA MIENNE. CELLE DE YULITH.

The Unexpected Goddess

Chapitre 2

CELA FAIT DEUX JOURS.
ES-TU PRÊTE À PARTIR...

YULITH ?
OUAIS.

PRENDS MA MAIN, MAMAN.
MERCI, YULE !
C'EST LA PREMIÈRE FOIS QUE JE MONTE DANS UNE CALÈCHE !
J'AI L'IMPRESSION D'ÊTRE UNE PRINCESSE !
TU L'AS BIEN MÉRITÉ, MAMAN.
DÉCIDÉMENT, TU ES VRAIMENT LE FILS IDÉAL, YULE !
SE VOIR PROPOSER UN TRAVAIL À LA CAPITALE, C'EST FANTASTIQUE !
ET EN PLUS, ON T'AUTORISE À RÉSIDER SUR PLACE... C'EST MERVEILLEUX !
COMME JE TE L'AI DIT HIER, MAMAN, TU SERAS D'ABORD ADMISE À L'HÔPITAL POUR QUELQUES EXAMENS...
OUI, OUI.
NE T'EN FAIS PAS.

BON.
MOI, JE VAIS ALLER DANS L'AUTRE CALÈCHE POUR DISCUTER DES DÉTAILS DE MON NOUVEAU BOULOT.
S'IL Y A QUOI QUE CE SOIT, N'HÉSITE PAS À EN PARLER À KIRICK.
OUI.
YULE...
MERCI POUR TOUT.
SACHE...
QUE TA PRÉSENCE SUFFIT À FAIRE DE MOI LA PLUS HEUREUSE DES MÈRES, YULE.
JE VOIS.
TANT MIEUX, ALORS.

ROU...
BIEN.
POUVONS-NOUS Y ALLER ?
OUAIS.
RRR
RRR
RRR
JE N'AURAIS JAMAIS IMAGINÉ QU'UN JOUR...
JE FRANCHIRAIS LA GRILLE SÉPARANT LES TERRAINS DES RÉPROUVÉS DE LA CAPITALE SAINTE.

GNIP...
RRR
RRR
EST-CE QUE ÇA VA ?
HEIN ?
RRR
TU QUITTES TON VILLAGE NATAL, LÀ OÙ TU AS TOUJOURS VÉCU.
RRR
ÇA DOIT TE FAIRE QUELQUE CHOSE.
RRR
HÉ...
FAUT PAS T'EN FAIRE POUR ÇA, MEC.
IL VA FALLOIR TRAVAILLER SUR TON LANGAGE...
PFF...
RRR
RRR
RRR

FIOUSH
ÇA PRENDRA COMBIEN DE TEMPS, JUSQU'À L'HÔPITAL ?
RRR
RRR
ENVIRON UNE JOURNÉE, JE DIRAIS.
RRR
RRR
C'EST PAS LA PORTE À CÔTÉ...
RRR
LA CAPITALE EST VASTE, C'EST POUR ÇA.
RRR
HÉ, J'AI FAIM.
JE PEUX MANGER LES FRUITS QUI SONT LÀ ?
IMBÉCILE ! ON VIENT À PEINE DE PARTIR !
ATTENDS JUSQU'À LA PAUSE !
SÉRIEUX ? RADIN.
"RADIN" ...
BROUHA
BROUHA
FU FU...

ゴトン
ROUL…
BIEN, NOUS SOMMES ARRIVÉS.
VOICI L'HÔPITAL.
C'EST IMMENSE…
MADAME, VEUILLEZ SUIVRE LES INSTRUCTIONS DES INFIRMIÈRES.
YULE ET MOI-MÊME ALLONS NOUS OCCUPER DES FORMALITÉS.
OUAH…
D'ACCORD, MERCI.
ÇA VA ALLER, MAMAN.
OUI…
KIRICK ET KYTE S'OCCUPENT DE TOUT.
TU N'AS PAS À T'INQUIÉTER.
TU AS RAISON.

YULITH.
NOUS AUSSI, NOUS DEVONS Y ALLER.
AH, OUI.
ÇA NE SERVIRAIT À RIEN D'Y ALLER À TROIS. JE VOUS ATTENDS ICI.
OH ?
COMME TU VOU-DRAS.

AVEZ-VOUS BESOIN DE QUELQUE CHOSE ?
AH, NON.
J'ATTENDS LE RETOUR DE MA PROTÉGÉE.
ELLE EST ENTRÉE AVEC MON CAMARADE POUR RÉGLER QUELQUES FORMALITÉS.
DANS CE CAS, POURQUOI N'ÊTES-VOUS PAS AVEC ELLE ?

INUTILE.
MON CAMARADE L'ACCOMPAGNE.
MAIS PAS VOUS ? C'EST VOTRE PROTÉGÉE, OUI OU NON ?
EH BIEN …
BON… NE M'EN TENEZ PAS RIGUEUR, MAIS JE DOIS VOUS DEMANDER VOTRE NOM.
J'AI L'AIR SI SUSPECT QUE ÇA ?
MOI QUI ME TROUVAIS PLUTÔT AIMABLE…
DÉCIDÉMENT, LA SÉCURITÉ NE PLAISANTE PAS, ICI.
JE SUIS KYTE "SARRA" CORBY.
PLITCH…
"SARRA" ?

TOUTES MES EXCUSES, MAIS SI VOUS N'ÊTES PAS LÀ POUR RENDRE VISITE À UN PATIENT, MERCI DE BIEN VOULOIR QUITTER LE BÂTIMENT.
DES SANCTIFIÉS AU RANG **BIEN PLUS ÉLEVÉ** QUE VOUS ONT ÉTÉ ADMIS À CET HÔPITAL.
IL NE FAUDRAIT PAS QU'ILS VOUS CROISENT PAR HASARD.
TANT PIS...
JE M'Y ATTENDAIS UN PEU.
KYTE !
KIRICK !
DÉSOLÉ DU RETARD.
J'AI LAISSÉ YULITH AVEC SA MÈRE QUELQUES MINUTES. ELLES ÉCOUTENT LES EXPLICATIONS DU MÉDECIN.
TAP
TAP

ET VOUS ÊTES ?
JE SUIS…
KIRICK "SORO" RICHARD.
J'AI ACCOMPAGNÉ ICI UNE FEMME QUI SERA VOTRE PATIENTE À PARTIR D'AUJOURD'HUI.
!
GH
AVEZ-VOUS UN PROBLÈME AVEC MON CAMARADE ?
EUH, NON…
JE VOUS LAISSE… BONNE JOURNÉE À VOUS…
TIP
TIP

ON SENT QUE TU N'ES PAS N'IMPORTE QUI…
ÇA M'IMPRESSIONNE À CHAQUE FOIS.
LES FEMMES DE CET ÂGE SONT TOUJOURS LES PLUS À CHEVAL SUR LES RANGS ET LES TITRES.
RAVI QUE MON DEUXIÈME PRÉNOM AIT PU T'ÊTRE UTILE.
AVOUE, TU AS AIMÉ LUI RABATTRE SON CAQUET.
Hé hé…
MAIS NON, MAIS NON…
DANS CES MOMENTS-LÀ…
JE SUIS CONFRONTÉ À MA PROPRE INUTILITÉ.
NON SEULEMENT MON RANG EST LE PLUS BAS QUI SOIT, MAIS DÈS QU'ON APPREND QUE JE SUIS UN SANG-MÊLÉ…
ÇA TOURNE TOUJOURS AU VINAIGRE, COMME AVEC CETTE FEMME.
KYTE ?
TU AS DÛ T'OCCUPER DE TOUTES CES FORMALITÉS ENNUYEUSES…
DÉSOLÉ DE T'AVOIR REFILÉ LE GROS DES CORVÉES.

J'AI DIT À YULITH QUE DÉSORMAIS, ON RÉSOUDRAIT SES PROBLÈMES ENSEMBLE…
ET POURTANT…
JE NE FAIS QUE ME REPOSER SUR TOI.
JE SUIS INCAPABLE DE FAIRE QUOI QUE CE SOIT POUR ELLE…
POURQUOI CES LAMENTATIONS, KYTE ?
POUR L'INSTANT, TOUT SE PASSE COMME PRÉVU.
TU N'AS PAS DE RAISON DE TE TOURMENTER AINSI.
…
KYTE…
SERAIT-CE…

De la culpabilité…
Que tu ressens ?
Cette femme, la mère de Yulith…
C'est un peu comme si on l'avait prise en otage…
Pour obliger Yulith à venir avec nous à la capitale…
C'est…
Ce que nous avons fait, oui.
TOC…

NOUS AVONS ENFERMÉ SA MÈRE DANS LA CAGE DORÉE QU'EST L'HÔPITAL DE LA CAPITALE…
AFIN D'ÊTRE CERTAINS QUE YULITH NE POURRA PAS S'ENFUIR.
POUR QU'ELLE ACCEPTE DE DEVENIR UNE PROVIDENCE, BIEN QU'ELLE AIT AFFIRMÉ N'AVOIR AUCUNE ENVIE DE L'ÊTRE.
MAIS TU LE SAIS AUTANT QUE MOI…
UNE FOIS QU'ELLES ONT ÉTÉ CHOISIES PAR LE CRISTAL IMMACULÉ, LE PAPE NE LAISSE JAMAIS LES PROVIDENCES REFUSER LEUR STATUT, PEU IMPORTE LES CIRCONSTANCES.
MÊME SI NOUS AVIONS LAISSÉ YULITH LÀ-BAS, ELLE AURAIT QUAND MÊME FINI EMPRISONNÉE AU SANCTUAIRE.

POF
ET PUIS, À L'ORIGINE, C'EST MOI QUI AI PROPOSÉ CE MARCHÉ.
TU N'AS DONC RIEN À TE REPROCHER, KYTE.
CE SOIR-LÀ...
C'EST PARCE QUE TU AS INSISTÉ POUR RETOURNER CHEZ ELLE...
QUE YULITH ET SA MÈRE SONT ENCORE EN VIE.
C'EST DÉJÀ UN BEL EXPLOIT.
PARFOIS, KIRICK, J'AI L'IMPRESSION QUE TU PARLES DE FAÇON TERRIBLEMENT CYNIQUE.
TU L'AS ENFIN COMPRIS ? BRAVO !
HEIN ?

CLOP
CLOP
DIS, KYTE.
ON VA OÙ, MAINTENANT ?
CLOP
CLOP
CLOP
AU SANCTUAIRE DU PALAIS CRISTALLIN.
CLOP
C'EST LÀ QUE TU VIVRAS, DÉSORMAIS.
CLOP
LE PALAIS CRISTALLIN ?
C'EST UN ENDROIT OÙ HABITENT LES SANCTIFIÉS DE TRÈS HAUT RANG, COMME LE PAPE.
LES BÂTIMENTS Y SONT PLUS IMPOSANTS ET MAJESTUEUX QUE CEUX QUE TU VOIS PAR ICI.
HO…
J'EN DÉDUIS QUE LES SANCTIFIÉS DE HAUT RANG SONT TOUS DES GROS FRIMEURS PRÉTENTIEUX.
AH…
NON…
ÇA DÉPEND DES GENS…
?
CLOP
CLOP
CLOP

CLOP
AU FAIT, YULITH…
TA MÈRE NE LE VIT PAS TROP MAL ?
CLOP
BAH…
QUAND J'ÉTAIS SUR LE POINT DE PARTIR, ELLE A EU L'AIR SI TRISTE…
MAIS…
JE LUI AI DIT QU'ON AVAIT PU NÉGOCIER POUR QUE JE VIENNE LA VOIR TOUS LES DIX JOURS.
ÇA A EU L'AIR DE LA RASSURER UN PEU.
JE VOIS…
TANT MIEUX.
ÇA TE RASSURERA AUSSI, DE POUVOIR LA VOIR TOUS LES DIX JOURS.
HEUREUSEMENT QUE KIRICK ÉTAIT LÀ. SANS LUI, JE DOUTE QU'UNE TELLE DEMANDE AURAIT ÉTÉ APPROUVÉE…
COM-MENT ÇA ?
HM ? EH BIEN …

C'EST KIRICK QUI S'EST OCCUPÉ DE TOUTES LES FORMALITÉS, POUR L'HOSPITALISATION DE TA MÈRE.
AH ?
ÇA NE DEVRAIT PAS ÊTRE À TOI DE T'OCCUPER DE ÇA ? T'ES SON SUBALTERNE, NON ?
EUH, TU PEUX RÉPÉTER ?
J'AI DIT QUE ÇA AURAIT DÛ ÊTRE TON BOULOT, EN TANT QUE SERVITEUR DE KIRICK.
PFRT...
ÉCOUTE-MOI BIEN ! KIRICK ET MOI ON EST COLLÈGUES ! ON A 22 ANS TOUS LES DEUX ! IL N'Y A AUCUNE RELATION DE SUBORDINATION ENTRE NOUS !
ÇA ME SEMBLAIT ÉVIDENT, POURTANT...
HEIN ? J'AVAIS MAL COMPRIS ?
COMMENT ÇA ?!
BAH, T'AS TOUT D'UN SOUS-FIFRE...
JE VAIS ME FÂCHER !
YULITH, TU SAIS...
FU FU
KYTE ET MOI, ON EST TOUS LES DEUX GARDES-CRISTAL.
GARDES-CRISTAL ?

ON APPELLE "GARDES-CRISTAL" LES PERSONNES CHARGÉES DE LA SÉCURITÉ ET DE LA PROTECTION D'AUTRUI AU SEIN DU PALAIS CRISTALLIN.
À L'ORIGINE, NOUS AVIONS CHACUN UN AUTRE POSTE, MAIS POUR CETTE SÉLECTION DES PROVIDENCES, NOUS AVONS ÉTÉ ASSIGNÉS À TA PROTECTION EN TANT QUE GARDES-CRISTAL.
JE VOIS…
ÇA TE CONCERNE, HEIN.
ÇA VEUT DIRE QUE NOUS SOMMES TA GARDE PERSONNELLE.
MA GARDE ?
OU TES SUIVANTS, SI TU PRÉFÈRES.
MES SUIVANTS …
CLOP
EUH…
NE T'EN FAIS PAS, TU COMPRENDRAS AU FIL DU TEMPS.
CLOP
…
C'est dangereux, là-bas, du coup ?

C'EST ÉVIDENT QUE LÀ-BAS, UNE RÉPROUVÉE COMME ELLE NE VA PAS ÊTRE ACCUEILLIE À BRAS OUVERTS...
ALORS QU'ELLE DOIT DÉJÀ SUPPORTER LA DOULEUR DES NOMBREUSES CICATRICES QUI PÈSENT SUR SON CŒUR...
OUI...
QUOI QU'IL ARRIVE, JE FERAI TOUT POUR LA PROTÉGER.
RE-GARDE, YULITH.
C'EST LE PALAIS CRISTALLIN.
HEIN ? DE QUEL CÔTÉ ?

EN FAIT, LE PALAIS CRISTALLIN ...
C'EST LE QUARTIER ENTIER QUE TU VOIS DEVANT TOI.

EH BEH…
LA COMMUNAUTÉ DES SANCTIFIÉS EST DIVISÉE EN RANGS.
IL EN EXISTE DIX, ET ILS DÉTERMINENT NOS DROITS DE FAÇON TRÈS STRICTE.
SEULS LE PAPE SOBRA ET LES SANCTIFIÉS DE RANG 3 OU PLUS PEUVENT HABITER AU PALAIS CRISTALLIN.
MOI, PAR EXEMPLE, JE SUIS UN SANCTIFIÉ DE RANG 3. JE POSSÈDE DONC UNE RÉSIDENCE AU PALAIS.

ET KYTE ?
JE SUIS DE RANG 10, DONC JE VIS DEHORS.
HM...
BAH, À MES YEUX, ÇA FAIT PAS GRANDE DIFFÉRENCE.
VOUS ÊTES TOUS LOIN AU-DESSUS DE MOI, DANS TOUS LES CAS.
CLOP
CLOP
CLOP
CLOP
...
PFIU...
PFWA HA HA...
FU FU FU
BAH QUOI ?
TU SAIS...
EN TANT QUE "MESSAGER DE LA DÉESSE", LE PAPE SOBRA N'A PAS DE RANG.
C'EST PAREIL POUR LES QUATRE PROVIDENCES À QUI LA DÉESSE LILIANA A ACCORDÉ SES POUVOIRS.
ET ALORS ?

YULITH, AUJOURD'HUI…
PAR TON STATUT…
TU AS UN RANG PLUS ÉLEVÉ QUE MOI, KIRICK OU N'IMPORTE QUI D'AUTRE AU SEIN DE LA CAPITALE.
EUH… D'ACCORD.
ÇA AUSSI, ÇA VIENDRA AU FIL DU TEMPS.
MAIS SINON, YULITH…
MHM ?

TU NE VOUDRAIS VRAIMENT PAS...
METTRE DES VÊTEMENTS UN PEU PLUS ÉLÉGANTS ?
J'VEUX PAS.
JE NE TE DEMANDE PAS DE METTRE UNE ROBE...
J'VEUX PAS.
PFUIP
J'AI ACCEPTÉ DE VENIR AU SANCTUAIRE, MAIS J'AI JAMAIS DIT QUE J'ACCEPTERAIS DE M'Y COMPORTER COMME VOUS VOULEZ.
T'ES VRAIMENT RETORSE, TOI...
BON, AU MOINS, TU PEUX ESSAYER DE PARLER PLUS ÉLÉGAMMENT ?
ALORS ÇA, DANS TES RÊVES.
ARRÊTE DE MANGER TES NÉGATIONS.
T'AS QU'À PARLER COMME ÇA, TOI.
DIS PLUTÔT : "VOUS POURRIEZ PARLER AINSI VOUS-MÊME".
JE PRÉFÈRE ENCORE CREVER QUE DE ME METTRE À PARLER COMME ÇA, PERSO.
DIS PLUTÔT : "JE PRÉFÈRE METTRE FIN À MES JOURS QUE D'ÊTRE CONTRAINTE À DEVOIR ADAPTER AINSI MON LANGAGE".
OH, LA FERME !!!
GAH

GRRR
JE TE DIS QUE JE VEUX PAS PARLER COMME ÇA !
C'EST POUR TON BIEN QUE JE TE DEMANDE ÇA !
JE N'AI PAS ENVIE QUE TU TE RIDICULISES, AU SANCTUAIRE…
GRRR
M'EN FICHE ! MÊLE-TOI DE TES OIGNONS !
DITES … ON PEUT ENTRER ?
BON, ALLONS-Y.
REMETS-TOI DROITE.
HMPF !
KRRR…
KRRR…

CLONG

チ CUI
チ CUI...
チ…

WOAH...
T'AS PAS MENTI...
LES BÂTIMENTS N'ONT RIEN À VOIR AVEC CEUX DE TOUT À L'HEURE...
C'EST ENCORE PLUS GRAND QUE TU CROYAIS, HEIN ?
ENFIN, APRÈS, CE NE SONT QUE DES HABITATIONS. IL N'Y A PAS DE MAGASINS, ICI.
...

C'EST BEAUCOUP TROP SILENCIEUX...
IL Y A VRAIMENT DES GENS QUI HABITENT ICI ?
JE NE VOIS PRATIQUEMENT AUCUNE ANIMATION, AUCUNE TRACE DE VIE...
C'EST ANGOISSANT, COMME SI JE VENAIS DE PÉNÉTRER DANS UNE VILLE REMPLIE DE FANTÔMES.
ET SURTOUT...
TSS...
L'ATMOSPHÈRE DE CET ENDROIT... C'EST SI...

YULITH ? QU'EST-CE QU'IL Y A ?
JE SAIS PAS... JE SENS UN TRUC PAS NET, ICI...
EST-CE QUE ÇA VA ? TU AS MAL QUELQUE PART ?
NON, C'EST PAS ÇA...
L'AMBIANCE EST BIZARRE, ÇA ME FOUT LES JETONS...

YULITH, JE VOIS BIEN QUE TU AS DU MAL, MAIS TU VEUX BIEN TENIR LE COUP ENCORE UN TOUT PETIT PEU ?
ON EST PRESQUE ARRIVÉS AU SANCTUAIRE.
OUI...
ÇA VA ALLER.
JE SUPPOSE QUE POUR UNE RÉPROUVÉE COMME MOI, L'ATMOSPHÈRE D'UN COIN PAREIL EST JUSTE INSUPPORTABLE.
HÂTONS-NOUS.

TU PEUX MARCHER ?
OUI...
FIOUSH
POURQUOI NOUS BLOQUEZ-VOUS LE PASSAGE ?
JE NE SUIS PAS AUTORISÉ À LAISSER ENTRER N'IMPORTE QUI AU SANCTUAIRE.
HÉ, QU'EST-CE QUE VOUS RACONTEZ ?

NOUS SOMMES KIRICK SORO RICHARD ET KYTE SARRA CORBY !
SUR ORDRE DIRECT DU PAPE SOBRA, NOUS AVONS AMENÉ LA PROVIDENCE CHOISIE PAR LE CRISTAL IMMACULÉ AU SANCTUAIRE !
RANGEZ VOTRE ARME ET LAISSEZ-NOUS ENTRER SUR-LE-CHAMP !
HA
LA PROVIDENCE ?
VOUS VOUS CROYEZ DRÔLES ?
CETTE PAUVRE GAMINE MAIGRICHONNE, CE SERAIT UNE PROVIDENCE ?!
C'EST RIDICULE ! ALLEZ-VOUS-EN !
VOUS ALLEZ ...

LES QUATRE PROVIDENCES SONT DÉJÀ ARRIVÉES AU SANCTUAIRE !
ALORS ...
JE PEUX SAVOIR QUELLE EST CETTE "CHOSE" QUE VOUS AVEZ AMENÉE ICI ?!

The Unexpected Goddess

Que pensez-tu de ça ?
T'es malade ?

Chapitre 3
LES QUATRE ...
SONT DÉJÀ ARRIVÉES AU SANCTUAIRE ?!
QU'EST-CE QUE ÇA SIGNIFIE ?!
ELLE AUSSI, ELLE A ÉTÉ CHOISIE PAR LE CRISTAL...
VOUS INSISTEZ ?!
DAME ILAINA, SANCTIFIÉE DE RANG 3. DAME RONMI, SANCTIFIÉE DE RANG 5. DAME SANTIE, SANCTIFIÉE DE RANG 7. DAME MARYS, SANCTIFIÉE DE RANG 8.
LES QUATRE PROVIDENCES CHOISIES PAR LE CRISTAL IMMACULÉ ONT DÉJÀ ÉTÉ ESCORTÉES À L'INTÉRIEUR DU SANCTUAIRE !

EN PLUS, CETTE GAMINE M'A TOUT L'AIR D'ÊTRE UNE RÉPROUVÉE !
PERSONNE N'AUTORISERAIT UNE TELLE SOUILLON À ÊTRE ADMIS DANS UN LIEU SAINT TEL QUE LE SANCTUAIRE !
HÊ !
ATTEN-TION À CE QUE VOUS DITES !
GLOUPS
L'AUTO-RISATION, JE L'AI JUSTE LÀ.

LA SIGNATURE DU PAPE SOBRA EN PERSONNE FIGURE SUR CE DOCUMENT.
NOUS INTERDIREZ-VOUS L'ENTRÉE DU SANCTUAIRE EN DÉPIT DE CELA ?
...
GUH...
EH BEH...
QUELLE HISTOIRE...

FUIP
FUIP
IL Y A DONC DÉJÀ QUATRE PROVIDENCES AU SANCTUAIRE…
ON N'A MÊME PAS DROIT À UNE CHAMBRE DE PROVIDENCE POUR TOI !
FUIP
FUIP
ÇA NE FAIT AUCUN SENS…
JE NE COMPRENDS RIEN À CE QUI SE PASSE.
DU CALME, KYTE.
TU AS RAISON…
DÉSOLÉ, YULITH. TU TE SENS MIEUX ?
KIRICK EST EN TRAIN DE VÉRIFIER TOUT ÇA, NON ?
OUAIP, BEAUCOUP MIEUX !
JE SUIS BIEN PLUS À L'AISE DANS UNE PETITE CHAMBRE COMME ÇA QUE DANS L'EXTRAVAGANCE DE DEHORS.

DIRE QUE S'IL N'Y AVAIT PAS EU TOUT CE MICMAC, ON LUI AURAIT ASSIGNÉ UNE GRANDE CHAMBRE DE LUXE…
KYTE…
TU ES SÛR QUE CE N'EST PAS UNE ERREUR…
QU'UNE RÉPROUVÉE COMME MOI AIT ÉTÉ CHOISIE COMME PROVIDENCE ?
COMMENT ÇA ? BIEN SÛR QUE CE N'EST PAS UNE ERREUR !
LE CRISTAL IMMACULÉ T'A DÉSIGNÉE, TOI ET PERSONNE D'AUTRE.
MAIS SI…
SI JAMAIS…

SI JAMAIS TOUTE CETTE HISTOIRE DE PROVIDENCE ÉTAIT ANNULÉE…
EST-CE QUE MA MÈRE…
…SERAIT RENVOYÉE IMMÉDIATEMENT DANS NOTRE VILLAGE NATAL ?
ELLE AVAIT ENFIN UNE CHANCE D'ALLER MIEUX, À L'HÔPITAL…
MÊME DANS DE TELLES CIRCONSTANCES…
ELLE PENSE D'ABORD À SA MÈRE…
YULITH.

JE SUIS INCAPABLE DE RÉSOUDRE TOUS LES PROBLÈMES EN CLAQUANT DES DOIGTS.
MAIS JE PEUX PARTAGER TES DOUTES ET TES CRAINTES.
QUOI QU'IL ARRIVE, JE NE VOUS ABANDONNERAI JAMAIS. NI TOI, NI TA MÈRE.
ALORS…
TU N'AS PAS À PRENDRE AUTANT SUR TOI.
D'ACCORD ?
OUI…

BIEN !
OUBLIONS LES CIRCONSTANCES ET PRENONS LE THÉ !
OUAH !
C'EST QUOI, CES TRUCS-LÀ ?
TAC
CE SONT DES SCONES.
MANGEONS-LES AVANT QU'ILS REFROIDISSENT.
COMMENT TU AS FAIT POUR T'EN PROCURER À UN MOMENT PAREIL ?
SUR QUI AS-TU USÉ DE TES CHARMES ?
UNE FEMME, JE ME TROMPE ?
C'EST UN SECRET !
PSHUUU
TOI, TU PEUX PAS FAIRE ÇA, KYTE.
MIOM
MIOM
Mange doucement...
ALORS, TOI...

TAP
BON.
APPAREMMENT, IL Y AVAIT DÉJÀ BEL ET BIEN QUATRE PROVIDENCES AU SANCTUAIRE QUAND NOUS SOMMES ARRIVÉS.
JE VOIS…
MAIS QUAND JE SUIS ALLÉ DEMANDER AU PALAIS, ILS ONT RÉPONDU CECI : "POUR CETTE SÉLECTION, LE CRISTAL IMMACULÉ…
A CHOISI CINQ PROVIDENCES."
TA DÉSIGNATION N'ÉTAIT DONC PAS UNE ERREUR, YULITH.
DIS…
Y A UN TRUC QUE JE COMPRENDS PAS TROP.

C'EST PAS UNE RÈGLE ABSOLUE, QU'IL Y AIT EXACTEMENT QUATRE PROVIDENCES ?
PARCE QUE SI LE CRISTAL IMMACULÉ S'EST PAS TROMPÉ, ÇA VEUT DIRE QU'ON EST CINQ, AU TOTAL, LÀ, NON ?
LE NOMBRE DE PROVIDENCES…
EST BASÉ SUR LA LÉGENDE DES ORIGINES DU SAINT-ROYAUME D'ARIALANTË.
Tu en as un peu, là.
"LA DÉESSE LILIANA ACCORDA UN POUVOIR DIFFÉRENT À CHACUNE DE SES QUATRE FILLES. ELLES DEVINRENT ALORS DES PROVIDENCES, DONT LE RÔLE ÉTAIT DE SOUTENIR LE PAPE, MESSAGER DE LA DÉESSE, ET DE PARTICIPER À LA PROSPÉRITÉ DU SAINT-ROYAUME."
ET DEPUIS LA FONDATION DU ROYAUME, TOUS LES CENT ANS, LA SÉLECTION DES PROVIDENCES A LIEU.
QUANT AUX QUATRE POUVOIRS ACCORDÉS PAR LILIANA…
"À TOI, JE T'OFFRE DES YEUX LUCIDES, POUR MIEUX DISTINGUER LE BIEN ET VOIR CLAIR DANS LES PLANS DU MALIN.
À TOI, JE T'OFFRE DES OREILLES AVISÉES, POUR MIEUX ENTENDRE LA VÉRITÉ ET TE PRÉMUNIR DES MENSONGES.
À TOI, JE T'OFFRE UN NEZ SENSIBLE, POUR MIEUX SENTIR LA VERTU ET ÉCARTER LES RELENTS NAUSÉABONDS DU MAL.
À TOI, JE T'OFFRE UNE VOIX MAGNIFIQUE, POUR APAISER LES CŒURS ET FAIRE FUIR LEURS ANGOISSES."

CHAQUE JEUNE FILLE A UN RÔLE BIEN SPÉCIFIQUE.
LA PROVIDENCE DES YEUX.
LA PROVIDENCE DES OREILLES.
LA PROVIDENCE DU NEZ.
ET LA PROVIDENCE DE LA VOIX.
AINSI LES APPELLE-T-ON.
NUL NE SAIT QUELLE PROVIDENCE HÉRITERA DE QUEL POUVOIR JUSQU'À LA CÉRÉMONIE RITUELLE.
MAIS ELLES AVAIENT TOUJOURS ÉTÉ QUATRE.
AUCUNE LÉGENDE, RUMEUR OU ARCHIVE DU ROYAUME…
NE FAIT MENTION D'UNE POTENTIELLE CINQUIÈME PROVIDENCE.
DANS CE CAS…
ÇA VEUT DIRE QUE LA CINQUIÈME PROVIDENCE N'EXISTE PAS…
C'EST AUSSI MA CONCLUSION.

LORS DE LA SÉLECTION DES PROVIDENCES, LE CRISTAL IMMACULÉ DÉSIGNE LES JEUNES FILLES CHOISIES UNE PAR UNE, AVEC UNE LONGUE PAUSE ENTRE CHAQUE.
LE NOM "LITHA DENNI" EST LE QUATRIÈME À ÊTRE APPARU. COMME CE N'ÉTAIT PAS UN NOM DE SANCTIFIÉE, CELA A CAUSÉ QUELQUES DISPUTES.
NORMALEMENT, À CE MOMENT-LÀ, ON AURAIT DÛ T'ATTRIBUER TES GARDES-CRISTAL, QUI SERAIENT ENSUITE PARTIS TE CHERCHER…
MAIS… EH BIEN, COMME TU ÉTAIS UNE ANOMALIE, AUCUN GARDE-CRISTAL NE VOULAIT T'ESCORTER.
FINALEMENT, JE ME SUIS PROPOSÉ, ET KYTE T'A ÉGALEMENT ÉTÉ ASSIGNÉ.
NOUS AVONS DONC QUITTÉ LA CAPITALE POUR VENIR TE CHERCHER…
MAIS APRÈS NOTRE DÉPART, LE CRISTAL IMMACULÉ A DÉSIGNÉ UNE CINQUIÈME PROVIDENCE.
ET LES QUATRE AUTRES ONT INTÉGRÉ LE SANCTUAIRE AVANT NOTRE RETOUR…
C'EST ÇA ?
OUI.
MAIS ALORS…
FINALE-MENT…

J'AI LE DROIT DE RESTER ICI ?
ET MA MÈRE...
PERSONNE NE VA LA CHASSER DE L'HÔPITAL ?
YU-LITH...
TU N'AS PAS À T'INQUIÉTER POUR ÇA.
RIEN NE SERA FAIT JUSQU'À LA CÉRÉMONIE RITUELLE. D'ICI LÀ, TU PEUX TE DÉTENDRE.
D'AC-CORD...
FWAAAAH...
MAINTENANT QUE JE SUIS RASSURÉE, J'AI SOMMEIL, TOUT À COUP...
FU FU.
ALLONS DORMIR, ALORS.

BIEN.
ON REVIENDRA DEMAIN MATIN.
D'AC-CORD.
VERROUILLE BIEN LA PORTE ET LA FENÊTRE.
OUAIS.
GARDE UN BÂTON À PROXIMITÉ DE TON OREILLER.
OUAIS.
IL FAIT FROID, LA NUIT, ALORS COUVRE-TOI BIEN.
OUAIS…
SI TU AS BESOIN D'ALLER AUX TOILETTES EN PLEINE NUIT…
HÉ, JE SUIS PLUS UN GOSSE !
J'ai 17 ans !
BLAM
JE PEUX ME DÉBROUILLER ! BONNE NUIT !
JE SUIS INQUIET…
Pfrrrt…

コッ
TAP
コッ
TAP
POF
ぼ
POF
ふっ
JE SUIS CREVÉE…
DEMAIN…
QU'EST-CE QUI M'ATTEND ?
CUI…
チュン…
CUI…
チュン…

TOC
TOC
YULITH, C'EST MOI !
JE PEUX ENTRER ?
OUAIS, ENTRE.
TCHAK
TCHAK
BONJOUR !
TU AS BIEN DORMI ?
MHM.
ÇA VA.
ENFIN, LE LIT ÉTAIT TELLEMENT MOELLEUX QUE ÇA M'A DONNÉ UN PEU MAL À LA NUQUE.
CRAC
CRAC
JE VOIS...
TU DEVRAS T'Y HABITUER, JE CROIS.

AUJOURD'HUI, JE PENSE TE FAIRE VISITER LE SANCTUAIRE.
TU ES PRÊTE ? TOUT EST RANGÉ ?
TOC
OUAIS.
ON PEUT Y ALLER.
DÉSOLÉ...
NORMALEMENT, ON AURAIT DÛ T'ASSIGNER UNE DAME D'HONNEUR QUI S'OCCUPERAIT DE TOUT ÇA...
J'AI PAS BESOIN DE ÇA.
SI JE PEUX LE FAIRE SEULE, JE LE FAIS MOI-MÊME. C'EST LA BASE.
TAP
TAP
TU N'AS PAS À T'EXCUSER, KYTE.
EN ÉCHANGE, JE FERAI TOUT MON POSSIBLE POUR T'ASSISTER...
SI TU AS BESOIN D'AIDE POUR TE CHANGER OU POUR TE LAVER...
PAS LA PEINE !
AÏE !
GUAH...
TAP
TAP
TAP
TAP

TAP...
コッ…
OUAH...
C'EST DONC ÇA...
UNE VRAIE STATUE DE LILIANA...

JE ME SUIS TOUJOURS DEMANDÉ...
POURQUOI LES STATUES DE LILIANA NE MONTRENT JAMAIS SON DOS ?
"LA DÉESSE AIMANTE LILIANA NE TOURNE JAMAIS LE DOS À QUI QUE CE SOIT.
ELLE OFFRE SON SOURIRE AU PEUPLE, TEND LA MAIN AVEC BIENVEILLANCE ET A UN PIED DEVANT L'AUTRE, POUR ALLER DE L'AVANT."
"AINSI, NUL NE VERRA LE DOS DE LA DÉESSE."
ON RACONTE QUE C'EST LA RAISON POUR LAQUELLE LES STATUES DE LILIANA NE MONTRENT JAMAIS SON DOS.
HM...
MÊME À MON VILLAGE DE RÉPROUVÉS, IL Y AVAIT DES GENS QUI PRIAIENT LILIANA.
REJETÉS ET ABANDONNÉS ILS CONTINUAIENT MALGRÉ TOUT DE PRIER LA DÉESSE, D'AVOIR FOI EN ELLE ET D'EN ATTENDRE LE SALUT...
QUAND JE LES VOYAIS COMME ÇA, JE ME DISAIS QUE LES HUMAINS ÉTAIENT VRAIMENT FAIBLES.

JE PEUX COMPRENDRE…
AU FAIT, QUE FAIT KIRICK, AUJOURD'HUI ?
EH BIEN…
IL ENQUÊTE AU PALAIS.
IL M'A DIT QU'IL ALLAIT PARTIR À LA PÊCHE AUX INFOS AUPRÈS DE SES CONNAISSANCES.
J'ai l'impression d'être un espion !
Et il va te chercher des meubles, au passage.
J'ai hâte !
OH, AU PALAIS…
TU N'Y VAS PAS, TOI ?
JE SUIS UN SANG-MÊLÉ.
JE N'AI PAS LE DROIT D'ALLER ME PROMENER AU PALAIS COMME BON ME SEMBLE.

C'EST QUOI, UN SANG-MÊLÉ ?
COMME LE NOM L'INDIQUE, JE SUIS NÉ DE L'UNION ENTRE UN SANCTIFIÉ ET UN RÉPROUVÉ.
MON PÈRE EST UN SANCTIFIÉ, ET MA MÈRE ÉTAIT UNE RÉPROUVÉE.
MA MÈRE TRAVAILLAIT COMME DOMESTIQUE À LA RÉSIDENCE D'UN SANCTIFIÉ.
COMME ELLE AVAIT PERDU SES DEUX PARENTS TRÈS JEUNE, ELLE ÉTAIT OBLIGÉE DE SE TUER À LA TÂCHE TOUS LES JOURS.
MALGRÉ SA SITUATION DIFFICILE, ELLE CONTINUAIT À PARLER BEAUCOUP, AVEC LE SOURIRE, ET RESTAIT OPTIMISTE, COMME UN VÉRITABLE RAYON DE SOLEIL.
EN PLUS, C'ÉTAIT UNE FEMME MAGNIFIQUE, PARAÎT-IL.

MAIS SA BEAUTÉ S'EST RETOURNÉE CONTRE ELLE.
UN SANCTIFIÉ A FINI PAR EN TOMBER AMOUREUX.
PUISQUE LE MARIAGE ENTRE SANCTIFIÉ ET RÉPROUVÉ EST INTERDIT...
CET HOMME L'A TOUT SIMPLEMENT ENLEVÉE ET L'A EMMENÉE CHEZ LUI SANS PRÉVENIR.
IL L'A ENSUITE ENFERMÉE DANS UNE PIÈCE RECULÉE DE SA RÉSIDENCE, LOIN DES REGARDS.
ELLE EST RAPI-DEMENT TOMBÉE ENCEINTE ...
ET M'A DONNÉ NAISSANCE.
JE PENSE QU'À CE MOMENT-LÀ, MA MÈRE AVAIT DÉJÀ PERDU LA RAISON À CAUSE DE SA SITUATION.

J'AI ENTENDU DIRE QU'AVANT, C'ÉTAIT QUELQU'UN DE TRÈS SOURIANT…
MAIS D'AUSSI LOIN QUE JE M'EN SOUVIENNE, ELLE NE FAISAIT QUE SANGLOTER DANS UN COIN DE NOTRE CHAMBRE.
ELLE PASSAIT SES JOURNÉES ENFERMÉE COMME UN OISEAU EN CAGE, À CRAINDRE CET HOMME QUI AVAIT TOUS LES DROITS SUR ELLE.
MÊME SI ELLE L'AVAIT UN JOUR AIMÉ, JAMAIS ELLE N'AURAIT PU SUPPORTER UNE VIE PAREILLE.
UN JOUR, ALORS QUE J'AVAIS SEPT ANS…
ET PUIS…
C'EST… LA SEULE SOLUTION…
KYTE…
PARDONNE-MOI. KYTE…
NE T'INQUIÈTE PAS, TU SERAS BIENTÔT LIBÉRÉ…
MA… MAN ?

MAMAN AUSSI...
ON VA MOURIR ENSEMBLE... ET ON POURRA ENFIN SORTIR D'ICI !
ELLE M'A POIGNARDÉ LE VENTRE, PUIS S'EST TRANCHÉ LA GORGE. ELLE EST MORTE SUR LE COUP.
MOI, J'AI ÉCHAPPÉ À LA MORT, ET MON PÈRE A FAIT EN SORTE DE M'OBTENIR UN STATUT DE SANCTIFIÉ.
IL M'A ENSUITE ENVOYÉ VIVRE DANS UNE PETITE MAISON, EN TANT QU'AIDE AUX PERSONNES ÂGÉES.
C'EST POURQUOI JE SUIS UN SANG-MÊLÉ, ET POURQUOI MON RANG DE SANCTIFIÉ EST LE PLUS BAS QUI SOIT.
...
ET AUSSI, YULITH ...
JE NE SAIS PAS SI JE DEVRAIS TE DIRE ÇA...

MAIS SELON MOI…
TU N'AURAIS PAS TUÉ TA MÈRE, CE JOUR-LÀ.
POUR AVOIR DÉJÀ VÉCU ÇA… SENTI LE STRESS, LA TENSION FOUDROYANTE…
JE PEUX AFFIRMER QUE TU N'AVAIS PAS UNE ONCE DE VOLONTÉ DE TUER EN TOI.
ALORS …
NE TE BLÂME PAS AUTANT.
FWUP
BON, POUR-SUIVONS LA VISITE.
KYTE…
TA MÈRE QUI A ESSAYÉ DE TE TUER… EST-CE QUE TU… LUI EN VEUX ?

PAS DU TOUT.
AU CONTRAIRE... JE SUIS DÉSOLÉ DE NE PAS AVOIR PU MOURIR AVEC ELLE.
SEULS LES ÉVÊQUES ET PLUS HAUTS GRADÉS ONT LE DROIT D'ALLER PLUS LOIN.
MÊME SI TU ES UNE PROVIDENCE, L'ACCÈS T'EST INTERDIT.
C'EST VACHEMENT STRICT.
Y A QUOI, DE L'AUTRE CÔTÉ ?

CE QU'IL Y A DE L'AUTRE CÔTÉ ? AUCUNE IDÉE.
JE PENSE QUE LES ÉVÊQUES ET LES GRANDS PONTES DU PALAIS SONT LES SEULS À SAVOIR.
BON, JE CROIS QU'ON A FAIT LE TOUR.
ON RENTRE ?
C'ÉTAIT SI GRAND... J'EN AI LE VERTIGE...
UNE RÉPROUVÉE ET L'AUTRE SANG-MÊLÉ...
QUELLE DISGRÂCE.
ÇA ? UNE PROVIDENCE ?
C'EST HONTEUX D'AVOIR RAMENÉ UN TRUC PAREIL AU SANCTUAIRE.
ENFIN, QUI SE RESSEMBLE S'ASSEMBLE. AVEC SA SOUILLON DE MÈRE RÉPROUVÉE, IL A L'HABITUDE DE LA CRASSE.
TCH
DIRE QUE CE RÉPUGNANT SANG-MÊLÉ A FINI GARDE-CRISTAL COMME NOUS...
À TOUS LES COUPS, IL A FAIT DE SALES MAGOUILLES...
GRRR...

PUAHAHA !
SALUT !
ÇA S'EST BIEN PASSÉ ?

TU AS FAIT VITE, KIRICK !
UNE BIBLIOTHÈQUE, UN COFFRE ET MÊME UNE COMMODE…
JE VOULAIS VOUS FAIRE LA SURPRISE !
IMPRESSIONNANT, HEIN ?
CLAP ぱち
CLAP ぱち
EUH, OUI…
TRÈS IMPRESSIONNANT.
PAR CONTRE …
J'AI L'IMPRESSION QUE QUELQUE CHOSE N'EST PAS AU GOÛT DE LA PRINCIPALE CONCERNÉE.
QU'EST-CE QUI NE VA PAS, YULITH ?
KIRICK A APPORTÉ TOUS CES MEUBLES …
C'EST PAS ÇA !

TOUT À L'HEURE...
POURQUOI TU N'AS PAS RÉAGI ?
HEIN ?
AH, OUI, DÉSOLÉ... C'EST VRAI QU'ILS ONT ÉTÉ IRRESPECTUEUX À TON ÉGARD.
J'IRAI LE SIGNALER...
MAIS NON !
C'ÉTAIT PAS MOI QU'ILS INSULTAIENT, CES CONNARDS ! C'ÉTAIT TOI, KYTE !
QUAND LE GARDE DU PORTAIL M'A INSULTÉE, TU T'ES ÉNERVÉ POUR MOI !
ALORS, POURQUOI TU RÉAGIS PAS QUAND ON TE DIT CE GENRE D'HORREURS À TOI ?!
YULITH...
SHTAC
POURQUOI...

POURQUOI TU PASSES TON TEMPS À ME PRÉSENTER DES EXCUSES, ALORS QUE T'AS RIEN FAIT DE MAL ?!
T'ES UN SANG-MÊLÉ, OUAIS... ET ALORS ?!
ÇA T'EMPÊCHE PAS D'ÊTRE FIER DE QUI TU ES ! ARRÊTE DE SUBIR EN SILENCE ET DÉFENDS TON HONNEUR, UN PEU !
FUIP
ATTENDS, YULITH ! OÙ EST-CE QUE...

BLAM
AUX TOILETTES !!!
POURQUOI ELLE EST AUSSI ÉNERVÉE ?
TAP
À CAUSE DE TOI.
TAP
MOI, JE COMPRENDS QU'ELLE T'EN VEUT PARCE QUE TU NE RESPECTES PAS TA PROPRE VALEUR.
JE VAIS LUI PARLER.
KRIII
TOI, ATTENDS-NOUS ICI.
CLAC
MA PROPRE VALEUR ?
COMME SI...
J'EN AVAIS UNE...

The Unexpected Goddess

Chapitre 4
NÉ D'UNE MÈRE RÉPROUVÉE ET D'UN PÈRE SANCTIFIÉ…
DÈS MA NAISSANCE, J'ÉTAIS AU RANG LE PLUS BAS POSSIBLE.
APRÈS LA MORT DE MA MÈRE, J'AI PU RECEVOIR UNE ÉDUCATION ET APPRENDRE L'ÉPÉE GRÂCE À MON PÈRE QUI M'A OBTENU UN STATUT DE SANCTIFIÉ…
MAIS EN PRÉSENCE DE MES CONGÉNÈRES, JE ME FAISAIS TOUJOURS PERSÉCUTER.
LA FEMME QUI S'OCCUPAIT DE MOI AVAIT LE MÊME RANG QUE MOI, LE PLUS BAS.
PEU IMPORTE CE QU'ON TE DIT, TU NE DOIS SURTOUT PAS RÉPLIQUER.
TU DOIS ÊTRE CONSCIENT DE TON STATUT ET PRENDRE SUR TOI, KYTE.
AINSI M'A-T-ELLE ÉDUQUÉ.
NI TOTALEMENT RÉPROUVÉ, NI TOTALEMENT SANCTIFIÉ… JE N'AVAIS MA PLACE NULLE PART.
ET AU FIL DE CES JOURS PASSÉS À ENDURER SANS RELÂCHE…
J'AI FINI PAR ME FAIRE UNE RAISON ET RENONCER À TOUTE RÉSISTANCE.

TAC
がた…
POF
ぎっ
"ÇA T'EMPÊCHE PAS D'ÊTRE FIER DE QUI TU ES ! ARRÊTE DE SUBIR EN SILENCE ET DÉFENDS TON HONNEUR. UN PEU !"
"JE COMPRENDS QU'ELLE T'EN VEUT PARCE QUE TU NE RESPECTES PAS TA PROPRE VALEUR."
JE NE SUIS PERSONNE …
COMMENT POURRAIS-JE EN ÊTRE FIER ?

NE SOIS PAS SI FÂCHÉE, YULITH.
JE PENSE AVOIR COMPRIS CE QUI S'EST PASSÉ, MAIS C'EST AUSSI UN PEU RUDE DE TA PART DE LUI EN VOULOIR AUTANT.
IL SE FAIT INSULTER PAR D'AUTRES SANCTIFIÉS, ET IL DIT RIEN ?
JE COMPRENDS PAS.
OUI, J'IMAGINE…
LÀ D'OÙ TU VIENS, IL N'Y AVAIT QUE DES RÉPROUVÉS. C'EST DONC NORMAL QUE TU AIES DU MAL À COMPRENDRE LA HIÉRARCHIE SOCIALE.
À LA CAPITALE SAINTE, ELLE EST OMNIPRÉSENTE. LA DISCRIMINATION ENTRE RANGS DIFFÉRENTS EST TRÈS FORTE, ET PERSONNE NE S'EN CACHE.
ICI, PLUS TON RANG EST BAS, PLUS TU DEVRAS ACCEPTER DE SUBIR LE MÉPRIS ET LES INSULTES DES AUTRES. C'EST CONSIDÉRÉ COMME UNE ÉVIDENCE.
ON NOUS LE MARTÈLE DÈS L'ENFANCE. C'EST GRAVÉ EN NOUS.

DANS CES CIRCONSTANCES, C'EST COMPRÉHENSIBLE QUE KYTE N'AIT PAS D'ESTIME DE LUI.
YULITH.
JE PEUX VOIR TA MAIN ?
?
EUH, OUAIS ?
TIENS.
CADEAU.
C'EST QUOI ?
UNE FRIANDISE EN VOGUE À LA CAPITALE.
TU PEUX GOÛTER.

CROC
ぱく
...
OUAH !
?!
Y A UN TRUC DEDANS !
FLOTCH
でろ～
FU FU.
C'EST DE LA CONFITURE.
ON EN PRÉPARE EN FAISANT BOUILLIR CES FRUITS ROUGES.
SUCRÉS, ILS POSSÈDENT UNE JOLIE COULEUR ET PLAISENT BEAUCOUP AUX JEUNES FILLES.
NOM もぐ NOM もぐ
PAR CONTRE, ESSAIE DE FAIRE ATTENTION, CAR ILS TACHENT FACILEMENT LES VÊTEMENTS.
FALLAIT LE DIRE PLUS TÔT...
PARDON...
SPROTCH...
べと…
VOUS ÊTES LÀ !
YULITH !
KYTE...

EUH…
EN FAIT…
POUR TOUT À L'HEURE…
C'EST BON, N'EN PARLONS PLUS.
JE SUIS DÉSOLÉE AUSSI.
T'AS PAS À T'EXCUSER.
HEIN ?
AH…
D'AC-CORD…
…
COMME KYTE T'A DÉJÀ FAIT VISITER L'INTÉRIEUR DU SANCTUAIRE, QUE DIRAIS-TU DE FAIRE UN TOUR DE L'EXTÉRIEUR ?
TU VERRAS, IL Y A AUSSI DE TRÈS BELLES STATUES, DEHORS !
BONNE IDÉE !
ALLONS-Y !
D'AC-CORD…

CLONG
CLONG
Hm, hm !
COMME LA BRISE EST AGRÉABLE, AUJOURD'HUI !
JE TROUVE AUSSI.
ALORS COMME ÇA, ON S'OFFRE LE LUXE DE SORTIR FAIRE UNE PETITE PROMENADE ?
VOUS NE MANQUEZ PAS DE CULOT.
ENCORE LUI…
Les gardes sont censés se relayer, pourtant…

Nous serons bientôt rentrés.
Ou alors…
Voulez-vous nous interdire de sortir nous changer les idées ?
GRR...
J'ignore ce que vous avez fait au cristal immaculé…
Cette fausse providence sera bientôt renvoyée du sanctuaire…
Mais sachez que la déesse Liliana voit clair dans vos manigances !
Et vous serez condamnés à aller moisir tous les trois dans son village de pouilleux !
HAA...

スルー
IGNORÉ
C'EST BON, VOUS AVEZ FINI VOTRE PETIT DISCOURS ?
DÉSOLÉ, MAIS NOUS, ON VA Y ALLER.
QUOI ?!
TU N'ES QU'UN SALE SANG-MÊLÉ !
SI TU AS ÉTÉ NOMMÉ GARDE-CRISTAL, C'EST UNIQUEMENT PARCE QUE TON STATUT MISÉRABLE TE PRÉDISPOSAIT À ALLER FOULER LA CRASSE D'UN VILLAGE DE RÉPROUVÉS !
C'EST BIEN LA SEULE RAISON ! ALORS, NE TE MÉPRENDS SURTOUT PAS !
BON SANG, C'EST POUR ÇA QUE LES SANG-MÊLÉ SONT INSUPPORTABLES !
UN ÊTRE HUMAIN AUSSI RÉPUGNANT QUE TOI…
NE DEVRAIT MÊME PAS AVOIR LE DROIT D'ENTRER DANS LA CAPITALE…
FIOUSH…

SPLOTCH
QUE... HEIN ?
FLOTCH
ÇA SUFFIT. FERME-LA.
ARRÊTE D'INSULTER KYTE TOUT DE SUITE.

YULITH...
COMMENT... OSES-TU...
GNIII
GNIP
MAUDITE...
RÉPROUVÉE !
SHLING

FIOUSH
PLAC
PATAPLAC

QUE...
OH...
VOUS NE SAVIEZ PAS ?
HEIN ?

AVANT D'ÊTRE NOMMÉ GARDE-CRISTAL...
KYTE ÉTAIT LE VICE-CAPITAINE DE LA GARDE DE L'ENCEINTE DE LA CAPITALE.
LE... LE VICE-CAPITAINE...
DE LA GARDE ?!
MALGRÉ SON AIR DISCRET, ON RACONTE QU'IL S'AGIRAIT DU MEILLEUR ÉPÉISTE DE LA CAPITALE...
POUR QUELQU'UN QUI TRAVAILLE AU SANCTUAIRE, VOUS N'ÊTES PAS TRÈS RENSEIGNÉ.
TU EXAGÈRES.
SHTAK

LE MEILLEUR ÉPÉISTE…
DE LA CAPITALE…
MAIS ALORS, À CE MOMENT-LÀ…
IL S'EN EST VRAIMENT SORTI GRÂCE À SON TALENT D'ÉPÉISTE…
FROSH…
MAIS DITES-MOI…
VOUS AVEZ ESSAYÉ DE BLESSER PHYSIQUEMENT UNE PROVIDENCE EN DEVENIR.
TAC…
JE ME DEMANDE CE QUI SE SERAIT PASSÉ SI ELLE AVAIT ESSUYÉ NE SERAIT-CE QU'UNE ÉGRATIGNURE PAR VOTRE FAUTE…
C'EST EMBÊTANT… CELA POURRAIT TOURNER AU SCANDALE…
EN TANT QU'HONNÊTE SANCTIFIÉ, VOUS DEVEZ BIEN AVOIR UNE PETITE IDÉE SUR LA QUESTION, N'EST-CE PAS ?
SHTING…

BWAH
AH...
JE VEUX BIEN FERMER LES YEUX POUR CETTE FOIS.
PAR CONTRE...
SI JAMAIS VOUS INSULTEZ À NOUVEAU MA PROVIDENCE OU MON COMPAGNON...
VOUS POUVEZ ÊTRE SÛR QUE JE SERAI SANS PITIÉ !

FLOP
FUAP
EST-CE QUE ÇA VA, YULITH ?
DÉSOLÉ, TU AS DÛ AVOIR PEUR…
TU ES BLESSÉE ? JE VAIS…
FINALEMENT…

TU VOIS BIEN QUE T'AS DU MÉRITE...
ET DE LA VALEUR EN TANT QUE PERSONNE !

JE NE SAIS PAS COMMENT IL FAIT POUR NE PAS ÊTRE FIER D'UN TEL ACCOMPLISSEMENT.
Pas vrai ?
C'EST CLAIR !
ARRÊTEZ…
IL N'Y A PAS VRAIMENT DE QUOI ÊTRE FIER.
EN TANT QUE SANG-MÊLÉ, POUR GAGNER MA VIE, JE N'AVAIS PAS VRAIMENT D'AUTRE CHOIX QUE D'ENTRER À LA GARDE.
JE SUIS PASSÉ VICE-CAPITAINE PARCE QU'IL N'Y AVAIT PAS D'AUTRES PASSIONNÉS DE L'ÉPÉE, RIEN DE PLUS.
ET POUR MON AFFECTATION EN TANT QUE GARDE-CRISTAL, C'ÉTAIT DU HASARD. JE N'AI PAS VRAIMENT EU MON MOT À DIRE…
TAP
TU SAIS…
ON S'EN FICHE, DE TOUT ÇA.
QU'IMPORTE SI T'AS PAS EU LE CHOIX OU SI C'ÉTAIT DU HASARD…
TOUT CE QUI COMPTE, C'EST QUE TU ES ARRIVÉ JUSQU'ICI GRÂCE À TES PROPRES EFFORTS.

TU AS LE DROIT DE TE FÉLICITER POUR TOUT CE QUE TU AS ACCOMPLI, TU SAIS ?
AH...
JE SUIS VRAIMENT PITOYABLE.
J'AI TOUJOURS COMPATI AVEC LES RÉPROUVÉS, CE QUI M'A POUSSÉ À ME SENTIR COUPABLE DE BÉNÉFICIER D'UN STATUT DE SANCTIFIÉ.
ET À CAUSE DE ÇA, MON COMPORTEMENT A CAUSÉ DU TORT À YULITH...
QUAND JE LA VOIS S'ÉNERVER OU SE RÉJOUIR SINCÈREMENT POUR MOI...
POUR UNE FOIS, JE ME SENS CONSIDÉRÉ COMME UN INDIVIDU À PART ENTIÈRE.

ÇA POURRAIT SEMBLER ANODIN, ET POURTANT…
OUI…
TU AS RAISON.
BIEN.
ON CONTINUE ?
OUI !
J'AI PARFOIS TELLEMENT SOUFFERT QUE J'EN ARRIVAIS À BLÂMER MA MÈRE…
DE N'AVOIR PAS RÉUSSI À M'EMPORTER AVEC ELLE.
PENDANT SI LONGTEMPS…
J'AI EU L'IMPRESSION QU'UNE MOITIÉ DE MON CŒUR ÉTAIT VIDE, COMME UN TROU BÉANT.
MALGRÉ TOUT…

DÉSORMAIS...
JE PENSE POUVOIR EN TROUVER.
DES CHOSES PRÉCIEUSES, QUI AURONT DE LA VALEUR À MES YEUX.
DES CHOSES QUI POURRONT REMPLIR TOUT DOUCEMENT CE VIDE AU FOND DE MOI.

The Unexpected Goddess

Chapitre 5

YULITH...
C'EST TOUT CE QUE TU MANGES, POUR TON PETIT-DÉJEUNER ?
BEN... OUAIS ?
C'EST PAREIL TOUS LES JOURS ?
OUAIS, POURQUOI ?
ALLONS BON...
HAA...
LES AUTRES PROVIDENCES EN DEVENIR MANGENT TOUTES, EN PLUS DU PAIN, DES ŒUFS, DES LÉGUMES ET DE LA VIANDE SÉCHÉE.
TU POURRAIS MÊME DEMANDER UNE SOUPE CHAUDE OU DES DESSERTS, TU SAIS ?
AH OUAIS ?
ÇA ME SEMBLE VACHEMENT LOURD.

CE N'EST PAS LA QUESTION.
LES PROVIDENCES EN DEVENIR DOIVENT TOUTES ÊTRE TRAITÉES DE FAÇON ÉGALE.
COMME TU M'AS DIT QUE TU MANGEAIS BIEN, JE N'AI PAS CREUSÉ…
MAIS J'AVOUE QUE JE NE M'ATTENDAIS PAS À UNE DISCRIMINATION AUSSI ÉVIDENTE.
HAA…
SI KYTE VENAIT À L'APPRENDRE, JE SUIS CERTAIN QU'IL IRAIT TAPER DU POING EN CUISINE…
S'IL TE PLAÎT…
N'EN PARLE PAS À KYTE.
TU SAIS, MOI, ÇA ME SUFFIT, COMME PETIT-DÉJEUNER.
J'AI DROIT À DEUX PAINS BIEN MOELLEUX, ET LE LAIT EST FRAIS.
JE COM-PRENDS, MAIS TU SAIS…
MÊME SI ON ME SERVAIT TOUT CE QUE TU AS MENTIONNÉ, MON ESTOMAC FRUGAL N'ARRIVERAIT PAS À TOUT DIGÉRER.

NE RIEN DIRE, C'EST ACCEPTER LA DISCRIMINATION QUE TU SUBIS. C'EST COMME AFFIRMER QUE TU PENSES MÉRITER D'ÊTRE TRAITÉE AINSI.
PARFOIS, IL FAUT MONTRER QU'ON NE COMPTE PAS SE LAISSER FAIRE.
TU AVAIS PENSÉ LA MÊME CHOSE EN VOYANT KYTE ACCEPTER LES INJURES SANS RÉAGIR, N'EST-CE PAS ?
C'EST VRAI…
J'IRAI DONC INFORMER UN ÉVÊQUE DE CETTE HISTOIRE DE REPAS.
YULITH, TU ES QUELQU'UN D'IMPORTANT.
ALORS, NE TE RETIENS PAS. DIS CE QUE TU VEUX DIRE, FAIS CE QUE TU VEUX FAIRE.
SI TU AS DES PROBLÈMES, KYTE ET MOI SERONS LÀ POUR T'ÉCOUTER.
NOUS FERONS TOUT POUR T'AIDER, PEU IMPORTE LES CIRCONS-TANCES.
TU COM-PRENDS ?
…
OUI…
POF
ET… MERCI.

D'AILLEURS, OÙ EST KYTE ?
EH BIEN...
JE PENSE QU'IL PROFITE DE LA FRAÎCHEUR POUR EFFECTUER SON ENTRAÎNEMENT MATINAL.
TU T'ENTRAÎNES PAS, TOI ?
NON, J'AVAIS QUELQUE CHOSE À RÉGLER AVANT DE VENIR ICI.
TU SÈCHES !
OH LÀ LÀ !
SCANDALEUX, N'EST-CE PAS ?
DIS, KIRICK...
KYTE EST VRAIMENT SI FORT QUE ÇA ?
SON TALENT EST INDÉNIABLE.
MAIS IL NE S'EN REND PAS COMPTE LUI-MÊME.

CONTRAIREMENT À LA GARDE DES FRONTIÈRES, QUI ACCEPTE DES RÉPROUVÉS EN SON SEIN, LA GARDE DE L'ENCEINTE DE LA CAPITALE N'ACCEPTE QUE DES SANCTIFIÉS.
CLAIREMENT, POUR LE SANG-MÊLÉ QU'EST KYTE, CE NE DEVAIT PAS ÊTRE UN ENVIRONNEMENT TRÈS AGRÉABLE.
MALGRÉ TOUT, ILS N'ONT PAS EU D'AUTRE CHOIX QUE DE LE NOMMER VICE-CAPITAINE TANT IL ÉTAIT DOUÉ À L'ÉPÉE.
OUAH ...
ET LORSQU'UNE CERTAINE PERSONNE NOUS A LÂCHÉS DANS LE REPAIRE D'UNE BANDE DE BRIGANDS, KYTE NOUS EN A DÉBARRASSÉS EN UN TOUR DE MAIN.
FU FU...
MOI, JE ME SUIS CONTENTÉ D'ADMIRER LE SPECTACLE.
Pardon ..
FRANCHEMENT ...
JE NE COMPRENDS PAS KYTE.

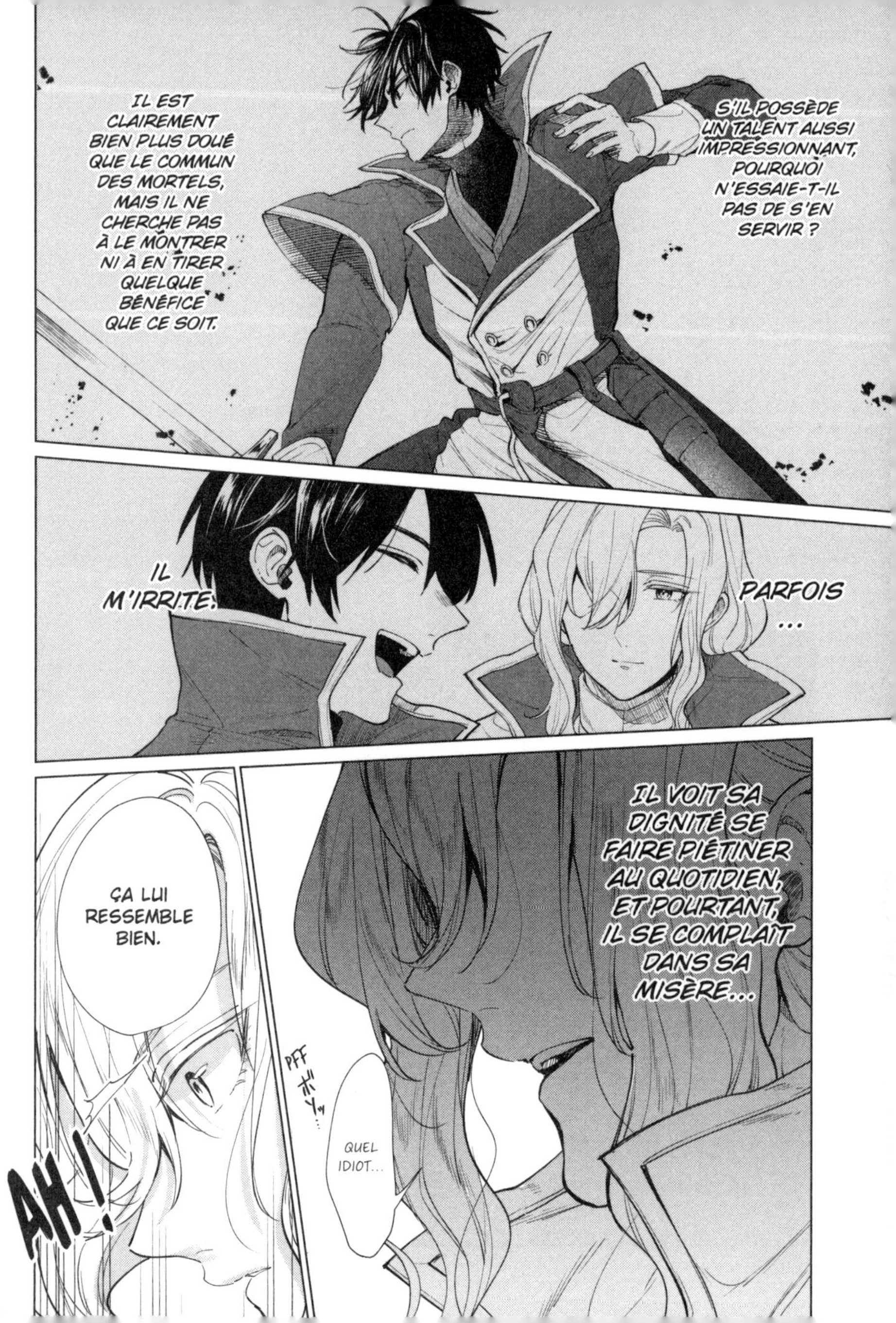
S'IL POSSÈDE UN TALENT AUSSI IMPRESSIONNANT, POURQUOI N'ESSAIE-T-IL PAS DE S'EN SERVIR ?
IL EST CLAIREMENT BIEN PLUS DOUÉ QUE LE COMMUN DES MORTELS, MAIS IL NE CHERCHE PAS À LE MONTRER NI À EN TIRER QUELQUE BÉNÉFICE QUE CE SOIT.
PARFOIS…
IL M'IRRITE.
IL VOIT SA DIGNITÉ SE FAIRE PIÉTINER AU QUOTIDIEN, ET POURTANT, IL SE COMPLAIT DANS SA MISÈRE…
PFF
ボソッ…
QUEL IDIOT…
ÇA LUI RESSEMBLE BIEN.
AH !

GLOU
GLOU
BONJOUR, YULITH !
OH, TU ES LÀ AUSSI, KIRICK.
TCHAK
ガチャ
B'JOUR.
...
JE NE TE LE FAIS PAS DIRE.
TOC
TOC
YULITH, TU AS BIEN DORMI ?
TU AS DÉJÀ MANGÉ ?
TU N'ES PAS FATI-GUÉE ?
TU T'HABITUES AU LIT ?
TU TE SENS BIEN ?
LA FERME ! ARRÊTE !
J'AI MANGÉ ET JE SUIS EN PLEINE FORME !
FUIP
ズイ
FUIP
ズイ
FUIP
ズイ
...
Attends, tu es décoiffée.
PIF
Arrête, je te dis !

MAIS BON…
C'EST QUELQU'UN D'ATTENTIONNÉ, PRÉVOYANT ET TRÈS GENTIL.
ET CELA EN FAIT SÛREMENT…
Tu dois faire attention à ton apparence.
Je me recoifferai moi-même…
LA PERSONNE IDÉALE POUR CE QUE JE RECHERCHE.
BON.
ÉCOUTEZ-MOI BIEN, TOUS LES DEUX.
APRÈS-DEMAIN…
UN THÉ SERA ORGANISÉ POUR PERMETTRE AUX PROVIDENCES EN DEVENIR DE SE RENCONTRER.

ON VA SE RENCONTRER ?
UN THÉ…
L'INAUGURATION ET LES SALUTATIONS OFFICIELLES DEVRONT ÉGALEMENT ÊTRE PLANIFIÉES…
TOUT D'ABORD, LES NOMS ET L'APPARENCE DES PROVIDENCES EN DEVENIR VONT ÊTRE RÉVÉLÉS À TOUS.
CHAQUE PROVIDENCE SERA LIMITÉE À UN SEUL GARDE-CRISTAL EN ESCORTE. JE SUIS DÉSOLÉ, KYTE, MAIS TU VAS DEVOIR GARDER LA MAISON.
CRAC
Garder la maison…
POURQUOI CETTE TÊTE ANGOISSÉE ?
SNIFF
MÊME MOI, JE SUIS AU MOINS CAPABLE DE BOIRE DU THÉ, HEIN !
S'IL NE S'AGISSAIT QUE DE BOIRE DU THÉ…
OUI… BIEN SÛR…
COMMENT ÇA ? IL FAUDRA QUOI D'AUTRE ?
VAF
VAF

EH BIEN, DÉJÀ...
UNE ROBE.
HEIN ?!
CRAC
ぎくっ
CE THÉ SERA UN MOMENT CRUCIAL. TOUTES LES JEUNES FILLES SE METTRONT SUR LEUR TRENTE-ET-UN.
TU NE PEUX PAS TE PERMETTRE DE T'Y RENDRE AVEC CES VÊTEMENTS BASIQUES.
MAIS...
J'VEUX PAS...
POUR LA ROBE, NOUS NOUS ADRESSERONS AU TAILLEUR PRIVÉ DU SANCTUAIRE.
ENSUITE, IL RESTERA LA COIFFURE ET LES ACCESSOIRES À PRÉPARER...
J'AI PAS ENVIE !

QUELLE COULEUR IRAIT BIEN À YULITH ?
JE PENSE QU'UNE TEINTE VIVE LUI SIÉRAIT MIEUX QU'UNE PALETTE PASTEL.
QU'EN DIS-TU, KYTE ?
JE PENSE AUSSI… DU ROUGE OU DU BLEU FONCÉ, JE DIRAIS.
GRRR
MODE SÉRIEUX
HÉ, J'AI DIT NON !
Allons…
LA TENDANCE ACTUELLE EST À LA SIMPLICITÉ. NE T'INQUIÈTE PAS, TU N'AURAS PAS À PORTER QUELQUE CHOSE DE TROP EXTRAVAGANT.
L'AN DERNIER, LA MODE ÉTAIT D'AVOIR DES GRANDES PLUMES D'OISEAU SUR LA TÊTE…
JE DOIS AVOUER QUE CELA ME LAISSAIT PERPLEXE AUSSI.
Je n'ai jamais compris, mais bon.
C'EST PAS LE PROBLÈME ! J'AI JUSTE PAS ENVIE DE METTRE UNE ROBE !
NE DIS PAS ÇA, YULITH.
C'EST TOI QUI DEVRAS SUPPORTER LA HONTE ET LES MOQUERIES.
JE VOIS PAS POURQUOI JE DEVRAIS AVOIR HONTE.
ET J'AI L'HABITUDE DES MOQUERIES.
BON, JE SUPPOSE QUE NOUS N'AVONS PAS LE CHOIX…
PFIOU…

DANS CE CAS, NOUS ASSUMERONS LA RESPONSABILITÉ D'AVOIR FAIT PORTER À LA PROVIDENCE EN DEVENIR QUE NOUS PROTÉGEONS DES VÊTEMENTS INAPPROPRIÉS.
KYTE ET MOI SERONS PUNIS À TA PLACE.
HEIN ?
GLOUPS
AH...
NE T'IN-QUIÈTE PAS.
TU N'AS PAS À T'EN VOULOIR.
ILS VONT SE FÂCHER ?
HMMM
NOUS N'AVONS AUCUNE ENVIE DE TE FORCER À FAIRE QUELQUE CHOSE QUI TE REBUTE À CE POINT.
QUANT À LA PUNITION, JE DOUTE QUE CELA AILLE JUSQU'À L'EXCLUSION DU SANCTUAIRE...
AH, MAIS CELA RISQUE DE SE SAVOIR... KYTE SERA ENCORE PLUS PERSÉCUTÉ AU SEIN DES DORTOIRS DES GARDES-CRISTAL...
ARGH...
HMMM
AH, MAIS TU N'AS PAS À T'EN FAIRE, YULITH !
RIEN NE T'OBLIGE À FAIRE QUELQUE CHOSE QUI TE DÉPLAÎT POUR NOUS.

HAAAAA...
C'EST BON, J'AI COMPRIS...
OH ? TU AS DIT QUELQUE CHOSE ?
C'EST BON, JE VAIS LE FAIRE !
J'ME METTRAI MÊME UNE PLUME D'OISEAU SUR LA TÊTE OU J'SAIS-PAS-QUOI S'IL LE FAUT !
NE T'INQUIÈTE PAS.
SI TU N'AS PAS ASSEZ DE MATIÈRE, IL EXISTE DE TRÈS BONS REMBOURRAGES POUR POITRINE ET FESSES...
JE VAIS TE DÉFONCER.
BON, JE VAIS DÉJÀ ALLER RENDRE VISITE AU TAILLEUR.
HÉ HÉ
MERCI BIEN.
J'AIME PAS LES TRUCS TROP LONGS ET EXTRAVAGANTS !
OUI, OUI.
KYTE ET YULITH.
ILS SONT AMUSANTS, TOUS LES DEUX.
QUAND JE LES AI RENCONTRÉS, ILS ÉTAIENT TRÈS MÉFIANTS ET NE LAISSAIENT PERSONNE LES APPROCHER...
TAP
TAP
TAP

ILS MANQUENT TOUS LES DEUX D'ESTIME DE SOI, PRIVILÉGIENT LES SENTIMENTS DES AUTRES ET FONT CONFIANCE À AUTRUI TROP FACILEMENT.
HONNÊTEMENT, À MON SENS...
ILS NE COMPRENNENT ABSOLUMENT PAS LE SYSTÈME DE VALEURS EXISTANT DANS CE PAYS.
ILS SONT VRAIMENT STUPIDES, TOUS LES DEUX.
KIRICK.

BIEN LE BONJOUR.
J'IGNORAIS QUE VOUS ÉTIEZ AU SANCTUAIRE.
KIRICK.
J'ESPÈRE QUE LES "PRÉPARATIFS" PROGRESSENT SANS ENCOMBRE.
CET HOMME...
OUI...
NATUREL-LEMENT.
SIRE RICHARD...

TOUT SE DÉROULE COMME PRÉVU.
VOUS N'AVEZ DONC AUCUNE INQUIÉTUDE À AVOIR...
PÈRE.
The Unexpected Goddess 1 - Fin

The Unexpected Goddess

Postface

Tout d'abord, merci d'avoir pris ce volume 1 de *The Unexpected Goddess* entre vos mains.

Je suis Hana Amasaki, la scénariste.

The Unexpected Goddess raconte l'histoire d'un vent de révolte apporté par les aventures de Yulith, une réprouvée choisie malgré elle comme providence, et de ses deux gardiens, Kyte et Kirick, au Saint-Royaume d'Arialantë, un pays gangréné par sa ségrégation sociale.

Ils ont chacun une perspective, des valeurs et des expériences radicalement différentes. Dans ce manga, le trait délicat de Tsukasa Arima vous permettra de les voir en action et de les admirer en détail.

C'est si charmant de voir Yulith, Kyte et Kirick si expressifs et si riches en émotions ! Parfois adorables, parfois héroïques, parfois angoissés... À chaque page, on peut découvrir une nouvelle facette de nos protagonistes. Personnellement, je suis tout excitée de les voir comme ça !

À quoi pensent-ils ? Que désirent-ils ? Comment évolueront-ils ? Et où le destin les mènera-t-il, après les avoir ainsi rassemblés tous les trois ? J'ai hâte de voir la suite, et j'espère que vous aussi.

Je suis sincèrement reconnaissante envers Tsukasa Arima, qui nous offre le plaisir de profiter de cette histoire avec ses magnifiques illustrations.

Les deux premiers volumes du roman sont en cours de publication. Si le cœur vous en dit, n'hésitez pas à y jeter un œil !

Hana Amasaki

Félicitations pour la sortie du premier volume !
Yû
Chaque chapitre est si palpitant !

Merci d'avoir lu ce premier volume de The Unexpected Goddess ! Ce n'est encore que le début, et j'espère que les futures aventures de nos trois protagonistes vous plairont !

Remerciements

Histoire : Hana Amasaki
Création des personnages : Yû
Éditeurs : Itagaki, Takahashi
Arrière-plans : Jovanniworks
Tous ceux qui ont participé à la publication, de près ou de loin
Et vous, chers lecteurs !

À bientôt pour le prochain volume !

Tsukasa Arima, 2023

The Unexpected Goddess

LE CONTE DES PARIAS

Makoto HOSHINO

Quand une jeune fille désœuvrée lie son destin à celui d'un diable solitaire...

En cette fin du 19e siècle, deux êtres solitaires vivent chacun de leur côté dans un recoin de Londres, la grouillante capitale de l'immense Empire britannique. L'un est un diable, revenu de tout, qui n'attend plus rien de la vie ; l'autre est une petite orpheline enjouée malgré les terribles vicissitudes de la vie. Puis un jour, leurs chemins se croisent et ces deux reclus décident de lier leurs destins et de partir à l'aventure...

DOKI DOKI Plus d'infos sur www.doki-doki.fr

Nokemono-tachi no Yoru ©2019 Makoto HOSHINO / SHOGAKUKAN
Le Conte des Parias 1
Le Conte des Parias 2
Le Conte des Parias 3
Le Conte des Parias 4
Le Conte des Parias 5
Le Conte des Parias 6
Le Conte des Parias 7
Le Conte des Parias 8
Série terminée en 8 volumes
Tous disponibles en librairie

www.doki-doki.fr
contact@doki-doki.fr

Traduction et adaptation : Aurélie Lafosse-Marin
Lettrage : Jean-François Leyssène

BAMBOO ÉDITION
290 route des Allogneraies
71850 CHARNAY-LÈS-MÂCON
Tél : 03 85 34 99 09
Site web : www.bamboo.fr
E-mail : bamboo@bamboo.fr

PREMIÈRE ÉDITION
Dépôt légal : juillet 2024
ISBN : 979-1-0411-0725-4

Imprimé en Italie par Lego

Quand une jeune fille voit sa vie happée par le destin d'un royaume…

Freya est une timide jeune fille qui vit à Tena, un paisible village du royaume de Tyr. Mais la quiétude de son quotidien est bouleversée par le retour d'Aaron et Alex, ses frères de cœur, qui sont porteurs d'une terrible nouvelle : le puissant royaume voisin de Sigurd exige la reddition de Tena, poursuivant ainsi son annexion progressive de Tyr. Pour sauver son pays, Freya se rend au château de Rocca, où elle tombe nez à nez avec un jeune homme qui lui ressemble comme deux gouttes d'eau, mais qui est sur le point de mourir. Et le destin de Freya va s'en retrouver changé à jamais…

Dans *Freya - L'ombre du prince*, vous retrouverez le magnifique trait de **Keiko Ishihara**, l'auteure de *Strange Dragon*, au service d'une histoire intense, alliant romance et aventures, où une jeune fille fragile va devoir puiser en elle pour sauver son royaume !

10 volumes déjà disponibles en librairie
Série en cours, 11 volumes au Japon

DOKI DOKI Plus d'infos sur www.doki-doki.fr

In the Land of Leadale

Réincarnée 200 ans plus tard dans le monde virtuel de Leadale !

Après avoir perdu la vie à la suite d'un terrible accident, Keina Kagami se réveille dans le corps d'une haute-elfe du nom de Cayna. Ce n'est autre que le personnage qu'elle s'était créé sur "Leadale", un jeu de rôle en réalité virtuelle auquel elle était souvent connectée.

Mais il semblerait que 200 ans se soient écoulés depuis l'époque où elle jouait...

Sa première quête consiste donc à comprendre ce qu'il s'est passé durant toutes ces années, et elle n'est pas au bout de ses surprises !

DÉJÀ 6 VOLUMES DISPONIBLES EN LIBRAIRIE

Série en cours, 6 volumes au Japon